タイムマシン

[日] 藤井太洋 等著

刘金举 等译

时光囚徒

U0717928

台海出版社

图书在版编目（CIP）数据

时光囚徒 / （日）藤井太洋等著 ； 刘金举等译. --
北京 ： 台海出版社，2019.1
ISBN 978-7-5168-2214-2

Ⅰ. ①时… Ⅱ. ①藤… ②刘… Ⅲ. ①科学幻想小说
－小说集－日本－现代 Ⅳ. ①I313.45

中国版本图书馆CIP数据核字(2019)第005250号

时光囚徒

著　者：[日]藤井太洋等著　刘金举等译	
责任编辑：武　波	装帧设计：尚世视觉
版式设计：董朝霞	责任印制：蔡　旭

出版发行：台海出版社

地　址：北京市东城区景山东街20号　　邮政编码：100009

电　话：010-64041652（发行，邮购）

传　真：010-84045799（总编室）

网　址：http://www.taimeng.org.cn/thcbs/default.htm

E-mail：thcbs@126.com

经　销：全国各地新华书店

印　刷：定州启航印刷有限公司

本书如有破损、缺页、装订错误，请与本社联系调换

开　本：880mm×1230mm	1 / 32
字　数：183千字	印　张：7.5
版　次：2019年3月第1版	印　次：2019年3月第1次印刷
书　号：ISBN 978-7-5168-2214-2	
定　价：39.80元	

细说中日科幻文化的独特魅力

文/孟庆枢

中日文化渊源之深无须赘述，科幻也是连接两国文化交流的纽带之一，它使两国近代文化不断结下新缘，梁启超、鲁迅等诸位先贤都是其中典型的开拓者。

日本"科幻"在十九世纪五十年代初露端倪。明治时代国家转型，日本追随欧美走上近代化道路，科幻应运而生。最初的科幻小说和当时出现的"政治小说"相通，旨在"启蒙"。把它归属于文学，显然和坪内逍遥的《小说神髓》对于小说的界定有着密切关联。过去不登大雅之堂的"科幻小说"如今竟纳入到 "art"之内，身份和地位为之一变。日本儒家学者严垣坦月创作的《西征快心篇》，用汉文写就，仅 1500 余字，故事以日本为原型虚构了一个远东岛国——黄华国，将军滬侯弘道召集 8000 名武士乘战舰踏上西征之路，以对抗西方列强对东方的殖民。文本不仅仅体现对技术的崇拜和与西方列强的对峙，与此同时也透露出日本要成为亚洲执牛耳者的意图。

在日本科幻文学起步阶段，与其他领域一致，也是在译介和仿造中不断展开。法国科幻作家儒勒·凡尔纳、英国科幻作家威尔斯的小说在日本的地位甚至达到了与莎士比亚小说比肩的地步。第二次世界大战之前的日本科幻文学被称为"古典科幻"。甲午中日战争、日俄战争和两次世界大战，使日本科幻文学随风而转，成为宣扬国策的工具，直至沦为军国主义的帮凶。日本科幻文学没有因帝国的扩张而走向新的繁荣，而是成为政治传声筒。这种状况一直延续到"二战"结束，从二十世纪六七十年代到迄今为止的半个世纪的日本科幻我们称之为当代日本科幻。

日本当代科幻逐渐呈现出自己的特色。首先，日本科幻作家的成名作往往被认作"现代派作品"或"后现代派作品"，在"纯文学"中占据一席跨界地位；同时科幻的文本很快和多种文化形式、新媒体兼容，形成一种"大科幻文学"或"泛科幻文化"的格局，及时应答了全球范围的文学走向文化、科际整合、区域化走向全球化的衍进趋势。与日本当代科幻文学文本相对应和联系的，主要是动漫、漫画、造型、影视、网络、游戏等形式，在媒体和信息技术的支持下，形成新的文化产业链，显示了文学发展中的元初状态，实际上，文学本身就是多元因素相互作用的场域。

对于中国读者来说日本科幻并不陌生。小松左京（1931—2011）在我国广为人知，他的《日本沉没》，以大自然地壳运动导致日本沉没为起始，以幻想的笔触大胆暴露社会，同时注重描摹人物内心世界，表现了在灾难面前上至政府，下至平民百姓的众生相。《日本沉没》的系列延伸作品带动日本科幻小说的质变，从单纯的科学幻想转向更深刻的哲理思考，原本的"Science Fiction 变为 Speculative Fiction（思考实验小说）"。此外，小松左京还有对战争进行反思的科幻作品。小说《征兵令》凸显了战争的威胁，男主人公的父亲曾经是当过兵的人。在他因病住院的时候，正值征兵令下达之际。男主人公周围的青年人一个接一个地接到"红色"征兵令。开始，大家还觉得是恶作剧，可是，一批批年轻人都就此消失了，接着是"阵亡通知书"的接踵而至，全国处于极度恐慌之中。没了年轻人，"红纸"征兵令又飞向 40 岁以上的中年人，专业免征人员也不能幸免。这时主人公意识到，这一现象的背后是有人以强大的力量在操纵。这个人就是他的父亲，他有超人的"念力"。

同时，小松左京的科幻理论也在日本科幻界具有重要影响，他在 1963 年发表的《致苏联科幻作家伊万·叶菲列莫夫的公开信》（篇幅所限不能展开）中，对于苏联这位科幻大师在 1962 年发表的《苏联社会主义科幻论》提出了自己的独特观点。叶菲列莫夫的《仙女座星云》、《过去的影子》和一系列短篇杰作在苏联科幻史上占有重要地位，他的理论归于苏联文学的"社会主义现实理论"框架之中，其中的局限不必在此重复。小松并非简单地否定有关理论，其主旨不是构建"科学的文学"而是打造"文学的科学"，实质上这是不把科幻文学作为实体概念而是作为机能概念的思考。让科学思维进入文学殿堂。小松的科幻论的指向是"明天的大文学"，他的创作和理论对于日本当代科幻的影响是显而易见的。

安部公房（1924—1993）也是这一阶段的代表作家。"如果没有安部公房，后来的诺贝尔奖得主纯文学作家大江健三郎，成为科幻界顶梁柱的小松左京的存在也许都是不可能的。他的一系列作品成为确定日本现代文学方向的指针。"《墙壁——卡尔玛氏的犯罪》《箱男》《砂女》等作品是其代表作。这些作品在我国评论较多。

日本科幻四天王之一的星新一，创作有一千余篇科幻"掌小说"闻名于世。作品题材广泛，克隆人、未来世界、环境保护、星际战争、时空穿越、政坛丑闻、市井生活均有涉猎。他的创作为当代日本科幻开辟了一个新的局面。

筒井康隆是至今健在仍笔耕的经典作家。他为日本科幻的发展作出了宝贵的贡献。

我们所处的时代被称作"互联网+"时代。科学与技术的迅猛发展既是人类的创造物，又改变着人类生活的各个方向。许多新的文化现象也应运而生。近年来，科幻在国际上再显兴隆，成为一道亮丽的文化风景线，日本科幻也迎来重新勃兴，它不是孤立的，而是带有全球性文化转型特点的。对于浩如烟海的日本科幻进行全面介绍绝非易事，如果只抓住只鳞片爪说东道西难免南辕北辙。为此，尽可能在全面了解的基础上，从人们都关注的视角管窥几个重要方面是唯一的选择。多年来在科幻翻译、研究、教学中萦绕于头脑的是何为"科幻"，而且让人越来越觉困惑。科幻产生至今的二百年来，对其各种界定见仁见智，但是近年越发觉得需要改变思路，应从文学本身的变化来探讨这一问题。日本著名科幻理论家巽孝之不把科幻当作一种独立的文体来思考，而是把它置于与时俱进的文化发展中来考察它的特性，这是中的之见，正是由于科学技术的发展，才催生了"SF"。十九世纪产生的"文学"理念已经不适应时代要求。在走向"综合""跨学科""互联网+"的时代，既有的观念必然要被改造，要求推陈出新。综观多方论述，对人本身的深入探讨与关心成为各领域的共同问题意识。人是符号动物，人类的核心具有生命意识、求新意识、对立统一意识、回归意识。体现这些最根本的情愫，过去的文艺、文学载体作出了很大贡献，但是随着人自身认识的深入，科学技术的迅猛发展让人们找到了更有效的表现方式，这就是科幻的产生。任何文化产品首先是人自身需求之产物。

我们可从以下几方面和读者交流。

一、从人的生命意识看日本科幻。从某种意义上讲，任何作品都会体现人的生命意识。作为一个物种，一要生存，二要温饱，之后就是发展。生与死，是人类至今无法改变的轨迹。远古神话里人的长生不老，帝王对长生不老的追求，延续到今天，具有大众化的养生保健，以达长寿的目标，应该说是科学精神在这一问题的延伸。收入本书的一些短小精悍之作让你品味对于人的终极关怀。人对太阳系乃至更遥远天体的探测，成为科幻作品的绵绵追求。随着嫦娥四号成功软着陆月背地区，让我们惊叹，飞快发展的科技已经反过来助推幻想。整个人类都面临着共同的问题，如何守护好自己的唯一家园，以前瞻的眼光寻找新的自留地。这在日本科幻中也成为重要题材。收入本书的有关作品虽然篇幅有限，但是还是让你更加爱恋咱们的"暗淡蓝点"，思考着地球人的未来，即或目前还只能在地球思维的框架下，也逐梦宇宙空间，幻想生命的其他形式。

　　二、求新：日本科幻的驱动力。"求新"是人类的本性，最能表现这一本能的文学艺术或许在当前非科幻莫属了。求新也是日本科幻的驱动力。想象力体现着人类的"自由"。当今时代世界各国的发展也是一场创新力的大比拼。科幻文学在培养原创力上有独特的优势。在二十世纪八十年代初，笔者在我国首次选介了星新一超短篇科幻作品，结集《保您满意》出版。我们非常幸运地得到作家本人的大力支持和关照。在来往的书信和请作家本人写序时，他对自己作品的看法和笔者当时有很大的不同。在笔者看来，星新一的许多作品对社会的批判性很强，即"思想性"很突出。但是，作家本人强调的是满足读者内心的求新需求。今天看来，他的成功恰恰是"求新"。虽然"掌小说"不是他的首创，至少川端康成就写有一百多篇，但是与科幻结合写出一千余篇，星新一完成了这一壮举。再看看前面提过的筒井康隆。当年他在作"芥川奖"评委时，女作家杨逸的《朦胧的早晨》并不十分出色，甚至连日语也有些蹩脚。他却逆向思维地表示，这倒可以给沉寂的日本文坛一点"新"东西。他在2013年在《朝日新闻》上连载新作《圣痕》，不久在新潮社推出该作的单行本，与翻译家、文学评论家大森望对谈时就此作品说道：

"不写点新鲜的玩意儿自己会觉得无趣，我就是想写出点让人们大吃一惊的东西。"类似的"让人们大吃一惊"的作品在筒井康隆那里不在少数。《邪恶的视线》是筒井康隆以人体超能力为题材创作的科幻。当时在我国对于研究气功、超功能也成为热点，此作很快被翻译出版。近年随着量子理论、平行世界问题受到关注，他又推出了自己的封笔作长篇《单子世界》。永不止步的求新体现了科幻精神。关于创新，我们不妨引用我国著名科幻作家刘慈欣最近的谈话来加深理解。2018 年 11 月 21 日他在"中国科普作家协会科幻创作基地年会"上强调世界科幻的变化，他援引美国科幻理论家冈恩的话："非科幻小说是另有所指的，科幻小说是指向自己，科幻本身就是科幻的目的。"这话有些费解，我向刘慈欣本人进一步请教，我觉得核心在于对科幻本体论的认识。如果把科幻看成一种固定的体裁，就脱离开它的实质。正如刘慈欣所讲："科幻的本原在于科学，并作为依据，通过想象来创作科幻作品。但是科幻不断变革，而且这变革不仅必要，而且是合理的。"如果把科幻圈定在某一框架之内，是与它的本体论相悖的。当然同一时期会有不同的"科幻"，它们之中各有优劣。为此在科幻上既可划界，又不要划得太死，多元是正常的。

三、人在矛盾对立统一中生存：日本科幻注意反映科学技术是把双刃剑。它既可以给人们带来福祉，也潜伏着灾难。在矛盾对立中前行，是人类的命运，也是科幻永恒的主题。当今，高科技特别是 AI 与人类成为世界瞩目的焦点。围绕智能机器人的话题已经蜂拥而至，欣喜也好，悲观也罢，总之它已经成为人类必须直面的问题。日本许多科幻作家都已将之诉诸笔端。日本科幻协会前会长藤井太洋先生对此的看法值得一读。在他的《公正的战斗规范》里，评论家大野万纪写道："这里没有与现在隔断的超技术，而是当今的某一技术在循序渐进，会让你看到怎样一个世界。但是他不是超天才，而是与普普通通的人都有关联。作者基于在键盘上的操作这一真实，在现实上注以 SF 想象力，在你面前展现出身临其境的幻想。这里既有软件工程的未来展示，也有实实在在的技术人员的姿态。"在某种意义上，幻想既要天马行空，人类又要握紧理智的辔头，日本科幻宿将崛晃写有多篇 AI 题材作品，短小隽永，读后让人心驰神往。林让治、福田和代、牧野信、高井信、高野史绪等作家的作品用不同结构讲了人与 AI 与宇宙的科幻故事，这些作品很有借鉴之处。

　　四、科幻与人类的"回归意识"。人类有不容忽视的"回归意识"，笔者在多篇论文中谈过，这里不想赘述，只想再强调人从"自然人"走向"文化人"（形而上地确定一个元点），从此在"文明"的大路上向前疾奔，而且随着科学技术的发展而加速。可是，人的本能却总是眷恋着人类的心灵故乡，正如亚当、夏娃被驱逐出伊甸园后的恋乡情结，人类的思想深处离不开人初始的"元点"。也许正是这种本能，才能使人成为"人"，人和自己的历史、过去的精神家园保持着一种"脐连"。在日本文坛许多作家的作品写人类的回归意识比较突出，如川端康成。而在当前科幻作品里"回归意识"也是一个不容忽视的重要方面。

　　梶尾真治是科幻老将，他的作品富有哲理性，所体现的人类回归意识值得关注，其中一些作品可以说是"文化乡愁科幻"。梶尾真治的《阿椿，跳过时间的墙》写了在一个叫"百椿庵"的古老的宅院中，传说经常有年轻美貌的女幽灵出现。男主人公是一位年轻的科幻作家，他无意中发现房间里的一种奇怪的棒形装置，竟然能让他进行超越时空迁越，并与一位叫"阿椿"的美少女意外相逢。阿椿是江户末期的女孩子，她的思维、生活习惯处于那个时代的模式中。作家与阿椿交往并在不同的世界中穿越。这部小说展示的平行空间不仅成为人物活动的舞台，而且体现出文化交流所带来的冲击和影响，男主人公和阿椿成为两种文化载体，他们的交往成为文化的碰撞，而作品中那间一百五十年的老屋则显示了现代人对历史文化的追溯和眷恋，老屋本身暗喻母体或子宫。阿椿的出现标志着现代人精神的历史回归趋向。

　　高速发展的社会容易使人的存在感降低，内心感到不安、焦躁和压抑，如何在这样的境遇下重新获得尊严和自信，梶尾真治的作品《魂牵梦绕的爱玛侬》进行了探索，主人公"我"在一次失恋后登上游轮开始旅行，在返回的途中，"我"遇见了一个美丽的少女爱玛侬，通过一次次交谈他们逐渐熟识起来。为了避免同船男人的骚扰，爱玛侬让"我"假扮她的丈夫。后来，爱玛侬诉说了许多久远的往事，使"我"感到惊诧的是爱玛侬告诉"我"她的实际年龄只有十七岁，但是她却拥有三十亿年的记忆，最久远的部分是作为原生生物的记忆。一个人会不断继承上一代人中的个体的所有记忆，然后将这样的个体记忆不断叠加。爱玛侬认为这是一种发生在他们家族的遗传性疾病，因为某种显性异常基因而导致类似的遗传，在不断累加的记忆的重负下，她已经有些无力承担了。"我"却告诉爱玛侬这是她作为"地球上生物进化的活证人"的使命，是人类进化到灵体状态的催化剂，当进化的极限发生，人便会从肉体解脱变成意识的集合体，成为神一样的存在。"我"和爱玛侬的讨论在醉意中结束，当"我"再次醒来时，发现爱玛侬已经走了。十三年过去了，"我"在出差的旅途中再次与"爱玛侬"相遇，"我"一眼认出了眼前的成熟妇人正是当年的美少女，但爱玛侬却不认得"我"。出乎"我"意料的是，妇人的女儿却说出了当年相遇的场景，原来这个才八岁的小女孩已经继承了母亲的"记忆种子"，并告诉"我"因为当年的讨论她开始重新思考自己的使命，把自己当作是人类及所有生命"回忆"的具象化存在，"我"也不再苛求与爱玛侬未果的恋情。望着爱玛侬的背影陷入了沉思，"我"终于明白了一个小时或是几十年对于"回忆"而言，都只是一刹那。梶尾真治笔下的爱玛侬和阿椿一样，都是非自然人中的类人，但与阿椿不同的是，爱玛侬不再体现文化的乡愁，而是在融合地球生命史的基础上，展现人在其中的位置和意义，对于三十亿年的生命演进历程，人的存在微不足道，但是作为这壮丽的生命之歌的一个音符，人的独特性哪怕是一刹那也有其价值。

与梶尾真治的创作可以媲美的是日本著名科幻作家高野史绪，她近年来的代表作《音乐·机械姬》也弹奏出一曲生动惊险的生命乐章。

在这一方面，立原透耶另辟蹊径。她的成名作——长篇科幻小说《无风的祭礼》塑造了一个与人类世界平行的异域空间，从神的出现到智能人类的诞生情节可以看作是对古老民族神话传说的改造，以此书写一个有回归意识的现代新神话。

从我个人来说也是和日本科幻颇有深缘的人。二十世纪八十年代，有幸得到星新一本人的支持得以翻译日本科幻作品，后来到日本访学，得以继续关注该领域。回国后在大学里讲述日本科幻。2018 年 4 月 21 日，在东京有幸参加日本第 38 届科幻作家协会大奖颁奖会，并受邀在会上致祝辞。21 日又和藤井太洋会长等十几位科幻名流欢谈，共议中日科幻交流事宜。这也促进了 9 月 8 日到 9 日在长春大学成功召开了互联网时代中日科幻文化高峰论坛。藤井会长满怀喜悦之情，回顾了中日交往的历史。他说："日本文化中有多少是来自中国的影响啊！"他正视历史，希望在科幻交流中，续写友好的新篇章。他和笔者代表双方发起中日《长春宣言》提出：一、探讨信息时代科幻中体现的"文学"新变化，重新认识"何为文学"，拯救衰微的文学，建设适应时代的"新文学"；二、在科幻已经进课堂之时，进一步培养青少年的想象力，让他们成为未来世界的优秀人才；三、坚持科幻从民族文化传统、神话、民俗中汲取营养，这是连接过去与通向未来的桥梁，让人不离精神血脉；四、全面认识把握人工智能与人类发展的关系。人类之"爱"是"人之为人"的根本保障；五、积极推进科幻、动漫与相关产业合作，走一条"大科幻文化"之路。

在上述文字中我没有过多涉及本书作品。读者在文本面前，有自己的权利和空间，阅读也是创造。在结成本书过程中，得到日本科幻界同仁的大力支持，特别是立原透耶女士辛苦了。还有心象天地公司也协助做了大量工作。在此致谢。

科幻为我们结缘，让我们珍视它，借此缘再获双赢。

2019 年 1 月 9 日
于北京常青藤宅

孟庆枢，东北师范大学文学院博士生导师，也是韩山师范学院中文系外聘教授；同时担任中国比较文学学会理事、中日比较文学研究会副会长、中俄比较文学研究会理事。其主要研究领域为：日本近现代文学和中日比较文学；其主要论著有：《中国比较文学十论》《日本近代文艺思潮与中国现代文学》《川端康成——东方美的详痴情歌者》等。

目录
Contents

001　判处捡垃圾三吨之刑
　　罚屑3トン　文／福田和代　译／童晓薇

017　火酒草与猫
　　火酒草と猫　文／林让治　译／刘金举

031　你相信不老不死吗
　　不老不死を信じますか　文／高井信　译／刘金举

036　接骨木之岛
　　ハンノキのある島で　文／高野史绪　译／祝力新

067　量身定"写"之书
　　ぴったりの本あります　文／福田和代　译／刘金举

091　克隆体质
　　クローン体質　文／高井信　译／刘金举

096　判处一百五十分贝噪音之刑
　　懲音150デシベル了　文／福田和代　译／童晓薇

105　祈祷
　　祈り　文／藤井太洋　译／崔雪婷

111　身影效果
　　影の効果　文／高井信　译／刘金举

134　船歌
　　舟歌　文／高野史绪　译／祝力新

141　最后的"约翰"
　　最後のヨカナーン　文／福田和代　译／刘金举

168　推开眼前这扇门
　　開封　文／堀晃　译／刘金举

173　梦祸
　　夢禍　文／立原透耶　译／田静

199　孟婆汤
　　レテの水　文／福田和代　译／刘金举

判处捡垃圾三吨之刑

文／福田和代　译／童晓薇

　　"判处被告人捡垃圾三吨刑罚！"

第一天

　　律师指示我每天记日记，说是记录必需。

　　今天早上六点，飞跑到公交总站。那里深夜有很多年轻人聚集，往死里喝东西。喝完后各种容器就扔在那里。偶尔还有注射器。

　　汗流浃背地奔跑，六点二十到达，已有两个人捷足先登。一个是胡子雪白的大爷，像圣诞老人似的扛着一个大袋子，正在把地上的垃圾搜集起来，一个个扔进袋子里。这家伙好像是第一个到的。

　　另一个钻进长椅下、草丛中，搜寻圣诞老人遗留下的垃圾。这是一个剃着光头的小个子男人。同样扛着个大袋子，但里面几乎是空的。

　　"早起的鸟儿有虫吃。"——这句谚语一直在脑子里回绕。

　　"混蛋！倒霉！"

　　看着第三个到达的我，秃头恶狠狠地骂道。

"就这，我还是五点半到的。"

五点半到，还是第二个，大爷到底是几点来的啊。

"你，很陌生啊。罚捡垃圾吧。"

我点了点头。

"昨天定的刑。"

"不走运啊。"

秃头说他服捡垃圾刑已经两年了。

"两年存了多少？"

"两百公斤吧。"

听到这话，我一阵眩晕。两年两百公斤，三吨得需要多少年啊！

"过段时间你可能会动心思，把公园的土运回去之类的，最好别干。排泄物也不行。不给计算，还有很大可能被加刑。我也是悬崖边得知才勒马得救。"

男人耐心地告诉我。

结果，第一天只捡到了挂在公园树丛里的小孩袜子和落在自家附近的一张印刷品。

总计，三十二克。出去时狠踹了一脚计量所大门。

第二天

今天也就八十克左右。跑得越远收获越小。一个医院三十周年纪念章，某种药的玻璃容器，喝过扔掉的清凉饮料盒。底部还残留了一些液体，一路小心翼翼拿到计量所，计量员随手倒掉液体放在秤上。抱怨了几句，计量员瞪我一眼，只好默默排队。

万念俱空。

第三天

心生一计。

照此现状，服刑永远结束不了。

我去到人多的地方。靠近在草坪上跳类似太极拳的广场舞的人们，专心等他们奇妙的舞动结束。九成是老人。两手像羽毛轻轻地、悠悠地在空中划着跳着。

这些家伙们跳完舞会口渴，就要喝茶喝水。跟他们说说罚捡垃圾的事，把饮料容器作为垃圾要过来。这样就不会错过机会。主意太棒了。

我盯着冥想似的半闭着眼睛动着身体的他们，忍耐了将近一个小时。终于他们停止了运动，走向长椅休息。终于要开始摄取水分了。我跑过去跪在他们旁边，央求他们把容器作为垃圾给我。

起初，他们把身材高大的我看作威胁，听我讲着讲着，开始表现出"啊啊""好可怜啊"等等善意的反应，但随即充满歉意地摇摇头。

"对不住啊，我们大家都是自带保温杯的。我们坚持不制造垃圾主义。"

出现在我眼前的是各种颜色的价格不菲的带保温装置的瓶子。一个在化妆和抗老龄药作用下完美遮盖了年龄的女性面带微笑，好像在说：怎么样？我们相当认真吧！

这一个小时白费功夫了。

我虚脱地一屁股坐在了草坪上。

谁的鞋后跟掉了。一个六十多岁的男人和我争抢，我打赢了。七克。

第四天

今天，大雨。雨水把所有的垃圾都冲洗没了。

在家里看"小圆眼"投影的影像过了一天。

第五天

早上四点到达公交车总站。

被昨日的大雨冲得干干净净。垃圾，没找到。在公园彷徨。

收获：不明物的盖子，生锈的干电池，用过的避孕套两个。突然想起好久没碰过女人了。

一百二十克。拜上个时代的干电池所赐。谢谢！电池！

第六天

今天竟然又是一无所获。

不过，灵光乍现。镜子中的我，头发长了很多。判决前舍不得花钱理发，真是万幸。

我咔嚓咔嚓地大胆用剪刀剪。一直剪到头发根。把头发残骸装进纸袋拿到计量所。

计量员打开纸袋，看了看我狗啃般的脑袋，什么也没说。二百二十一克。

第七天

说起来，我被抓，是因为不法丢弃。

我曾是制药厂的销售员。提着装满大量样品的箱子去医院，被拒绝了，还被挖苦了一顿，一气之下连箱子带药品扔在医院通用口扬长而去。

所以，被判罚捡垃圾三吨。

被公司解雇了。

听说这个刑罚是为了让搞不法丢弃的人彻底记住保护城市与环境是怎么一回事，或者说是有这方面的意思。

——哼！

今天街上也是一尘不染。

那是啊，被判罚捡垃圾的人，现在在这条街上就有好几个。

包括我在内的这些家伙们，每天瞪着两眼捡垃圾。不会有垃圾了。

不过，有新发现。昨天把自己的头发拿去，计量员什么也没说，才发现——原来还可以这么操作。

把年轻时穿过的现在连袖子都伸不进去的衣服一股脑儿塞进袋子里，反正也是要扔掉。穿旧的内衣也一起塞了进去。

说实话，抱着袋子在计量所排队期间，真有些不安。会不会被拒收，说这是我自己的垃圾，与罚捡街上垃圾刑的理念不符，然后被加刑啊？

但是，对方什么也没说。计量员只是看了我一眼，沉默地将视线移回计量器，盖上章。六点七公斤。头一次出现的数值。

不由喜笑颜开。

第一天碰到的男人，说他两年收集了两百公斤垃圾。他肯定也是靠这种方法挣到的。

虽然终点还在遥远的彼岸，但觉得总是有办法的了。心情不错。

第八天

听说过去有一种纸质的书很重。如果现在还存在的话，想必能挣到垃圾。

今天也是一些闲置品。总计七公斤。逐渐抓住窍门了。这样既能接近定量，家里也收拾得清清爽爽。罚捡垃圾刑，也不是那么糟糕的刑罚嘛！

购入一辆手推车。打算用它从家里运垃圾到计量所。最后还可以把这辆手推车拿去上秤。

第九天

闲置品。八点五公斤。还凑合。

第十天

闲置品。一点三公斤。不妙啊。

很快家里就空了。我一个人住在狭小的集体住宅里的一间，本来就不可能存太多东西。

衣服类仅留最少限度。餐具全部拿去做垃圾了。我不做饭，锅啊瓢啊的本来就没有。又没有什么爱好，没有收藏的习惯。

还剩有大家具。原样搬去很困难，只能砸坏拆开来。今天先去买了把锯子和手斧。

明天一定能搞成。

第十一天

不值钱的饭桌和两把椅子。都是老旧的木制品。

先用斧头把椅子腿劈开。四条腿翻倍成八条腿。椅子的靠背和座位也得分开方便运输。用斧子猛劈椅子背。

饭桌也是先把桌脚锯下来，桌面也用锯子锯成三块，这样方便运输。

吃饭坐在地板上就行。立即在附近的中餐馆买了一份炒饭外卖，盘着腿坐在地板上吃。觉得挺悠闲，有一种慵懒的气氛，心情好了不少。一开始这样做就好了。外卖产生的垃圾当然也拿到计量所了。

饭桌、椅子和中餐容器，总计三十一公斤四十八克。太好了！

希望早点结束刑罚，去找份工作。现在仅靠存款活着。看到硬币余额一天天减少太煎熬。

第十二天

床意外地成了顽敌。

床垫回头再说。用斧子和锯子对床架部分又是砍又是锯，分成能装上手推车的大小即可。因为是木制的简易床，原以为能轻松搞定，但终于拆成一块块时，已是汗流浃背。

一次运不完。如果有卡车就轻松了，但舍不得花钱去租卡车。

结果，自己淌着汗在家与计量所之间来回三趟。床垫也切成小块拿去了。

总计六十五公斤。

第十三天

接下来怎么办呢？

家里真的空了。吃饭睡觉都在地上。有睡袋，钻进去睡觉。

十二天捡的垃圾合计只有一百二十公斤。距离三吨还遥不可及。

——接下来真愁人。

第一天碰到的秃头说他两年两百公斤，我的速度肯定比他快得多。但是怎么才能持续下去呢？

我明白了在三吨这么庞大的重量面前，家具衣服等的重量真是不值一提。即便是我的力气根本拿不动的床，也不过六十五公斤。

需要更重更重的东西。砖，不行。砖、混凝土块一类的建材太重有倒塌的危险，所以现在都造得想不到的轻。

要重的话，金属吧。可是，能靠一己之力运到计量所，还不贵，普通人都能轻易弄到的金属有哪些呀？

我向"小圆眼"发话，报上了能想到的东西的名字，查重量和价格。其中想到应该可行的是旧车。现在几乎没有人有私家车，但有人因兴趣在搜集。一查，旧车一辆的重量大约一吨，但出乎意料的贵。

考虑到自己的硬币余额，旧车这条线只能放弃。

接着想到的是锻炼用的哑铃。命令"小圆眼"查询，检索结果一显示出来，心怦怦跳。让它按重且便宜的顺序显示。

——就是它了。

如果是五十公斤的哑铃套装，三万硬币好像可以买到。如果买五十六套，勉强可以。总计二点八吨。加上迄今拿去的一百二十公斤，还剩八十公斤。

——总有办法的哦！

感觉眼前突然照射进一道炫目的光。

问题是，买了五十六套哑铃套装的话，生活马上就捉襟见肘。

先买五十五套，剩下的一百三十公斤再想办法搜集就行了吗。

我立刻订购了五十五套哑铃，好像三天能送到。

这期间可以琢磨一下剩下的一百三十公斤怎么办。现在的我是正在轻松飞越三吨垃圾刑的我！一百三十公斤小菜一碟。我对自己灵活的头脑产生了快感。

哑铃套装一下定，账户余额就让人心发慌。以后得减少食量，努力节约。到了这一步，或许可以开始找工作了。

去外面走了一圈，没有发现垃圾。别人家房子的土墙、砖石堆砌的花坛，不知不觉中把我的视线吸引了过去。那个砖一块二点五公斤，这个土块一块十二公斤——。

已经没有买得起这些的钱了。不过，说说我的原委，让他分给我一些怎么样……

我正垂涎欲滴地盯着，院子里出来一个中年妇女，明显一副凶恶的表情瞪着我。可能是因为我的衣服基本都处理了，三天没换衣服的缘故。要是她呼叫"倾听省"就糟了。赶快逃走。

这一天，只拿了晚饭的拉面容器去计量所。二十三克。

第十四天

订购的哑铃公司来信了。

说仓库里有十九套，剩下的三十六套要从厂里调货，还需要一周。

"混蛋！我等得了一周吗！"

我透过"小圆眼"冲对方怒吼，又低头鞠躬要对方答应尽量早点送到。

——还期待三天清除罚捡垃圾刑呢，真失望。

而且我还想早点去找工作。没钱了，这样下去存款见底挨饿只是时间问题。现在一天一餐已经非常节约了。

饿着肚子上街溜达。没有垃圾。路过一人家，大门很旧，歪斜着。门链坏了，用力似乎就可以拉开。

——这有近十公斤重吧。

我兴奋起来，急忙看了看四周，确认没有人。相当破烂的房子。院子里也一个人没有，防雨窗紧闭着，说不定根本没人住。

大着胆子抓住门，用力摇晃，想把门链摇下来。

"喂——"

突然有人叫我，我的心脏快蹦到头顶三米开外去了。

惊慌地回头一看，声音是从对面公寓二楼传出来的。一个年轻男性用看可疑人物的眼光俯视着我。

"那一家是一个独自生活的大爷。出了什么事吗？"

"没有，什么事也没有。看到门歪了想扶正来着。"

我一边回答，一边赶快把手从门上放下来走开了。门"嘭"的一下又斜了。

走到那年轻男性看不到的地方后，我撒腿就跑。万一那男的向"倾听省"通报说有个可疑男子想行窃对面人家的大门，我就会在捡垃圾上再被多加一项盗窃罪。一直跑到安全的地方才松了一口气。

晚饭，拉面。计量二十三克。

第十五天

在"小圆眼"上检索招聘信息，打算向感兴趣的公司申请面试。

"十分抱歉！现在您的身份是罚捡垃圾中，对不起，在刑罚结束之前您都不能申请面试。"

"小圆眼"用沉稳的、礼貌的不带一点感情的声音拒绝了。混蛋！"小圆眼"这样的都敢忤逆人类的指示，真是好大的胆子！心里再不痛快，"倾听省"的规定还是稳如磐石动摇不得。

我死了心，今天又上街找垃圾了。

垃圾，垃圾，垃圾。垃圾呀……

应该有。第一天都找到一些呢。大家都不随手扔垃圾了吗？现代人变得相当有素质了。

今天依旧，晚饭，拉面，计量二十三克。

第十六天

晚饭，拉面，计量二十三克。

第十七天

家里难道没有可以扔的东西了吗？

家具已经没有了。床、桌子、椅子统统都拿到计量所去了。冰箱本来就没有。"小圆眼"是租的国家的。放衣服的箱子也没有。剩下的只有几件换洗衣服。因为考虑找工作需要，正装要留到最后。

我注意到窗户。把窗户卸掉如何？这里是五楼，没有窗也不会有人爬进来。首先，即使有贼进来，这个房间残留的不也就我这副躯体吗？

窗户一扇不留全拆了下来，放在手推车上运走了。对了，最后还有手推车呢。

窗户一扇三公斤，四扇十二公斤。在计量所当这个数字出现在眼前时，我激动得泪流不止。

晚饭，拉面。决定这二十三克明天再拿去。

第十八天

肚子饿得要命。

家里什么都没有了。把公寓的墙壁偷偷凿开拿去怎么样？算了，到处都是"倾听省"的"耳目"。被抓住了的话更重的刑罚在等着。

用"小圆眼"查了查贫困者生活支援项目，看能不能参加。罚捡垃圾刑服刑中不能找工作，收入没有来源，没有一些支援的话，自然很难活下去。

"非常抱歉！目前生活支援项目正在重新建设中，暂时不能接受新的申请。""倾听省"那里送达了殷勤的回复。

"为什么呀！重新建设是什么意思啊！我今天就没饭吃了！"

"是这么回事。我们发现参加生活支援项目的垃圾刑的服刑者恶用支援，购入大量砖瓦，拿到计量所称重。服刑者本人的资产如何使用是他的自由，但把生活支援挪用到那种形式上，与捡垃圾惩罚本来的意图相违背。因此，目前正在对该项目进行修正。"

真有做多余事情的家伙啊！

自己类似的想法只好舍弃，气死我了。因为那些家伙的杰作，我的计划泡汤了。

尽管如此，也只能忍耐。

生来第一次有如此饥饿的感觉。太饿了，死死盯着一个路过的小学生模样的小毛孩嚼着袋子里的面包。口水要流下来了。

拉开一段距离跟在小毛孩后面，看他会不会随手把袋子扔了。结果这个自大的小毛孩吃完后很有规矩地把袋子放进了书包。与此同时他好像发现了我，回过头来，一副受惊的表情，而且突然哭了起来。

跑还是不跑？附近店铺的人在往这边瞅。我飞也似的逃走了。必须的。那个时候都忘了自己是饿着肚子的。

晚饭，拉面。加上昨天的空容器，总计四十六克。

啊啊，吃饱了。想吃烤肉。做梦都想吃肉。索性把那个小毛孩从头啃了就好了。

第十九天

等待。

哑铃第一弹十九套到了。

疏忽了，近一吨重的哑铃运不进这种破旧的公寓里。运货卡车是自动驾驶的，货物需要客人自己从车上搬下来。我一筹莫展。

但是，今天很走运。天使出现了。一个很有风度的老绅士看到我对着堆在路边的十九套哑铃发呆，起了恻隐之心，提出用车帮我运走。我当然是鞠躬低头表示感谢。他的车后备厢可以装四套。我担心留在路上的十五套被人偷走，他笑着说："这么重的东西谁也不会偷。"

因为太重，我们跟跟跄跄往返了五趟计量所。这期间，我向老绅士解释了罚捡垃圾刑，他饶有兴趣地听着点着头，特别好心的是，从计量所出来后，他把一袋子面包施舍给了我。回到家，在没有窗户满屋灌风的房间里，我一边流泪一边大口大口地吃着面包。

前几天还暑气残余相当闷热，我把窗户一拆好像秋天就到了。

第二十天

没有找到垃圾。可能是因为昨天吃了久违的美味面包，现在感觉特别饥饿。

晚饭，拉面。计量二十三克。

第二十一天

难以置信。说剩下的哑铃比预计的还要晚到。真想对着电话大喊，肚子饿着没有力气。

拉面，二十三克。累了。

……

第二十六天

乏善可陈，有几天没有记日记。总不能每天都是拉面二十三克吧。太无聊。

今天下楼在公寓楼梯上捡到了小孩遗漏的网球，在公园捡到一截铁丝。上天的恩惠啊！

计量一百二十一克。

没有窗户，好像感冒了。

第二十七天

身体好烫。头痛欲裂。

啊啊啊啊啊，他妈的！什么罚捡垃圾！有这么蠢的刑罚吗！没有没有没有！真想把想出这个点子的人的头发揪掉！蠢货蠢货蠢货！

也不能去买食物和药品。喝了点水钻进睡袋在地板上翻腾。鼻涕直淌。

……

第二十九天

体温稍稍下降，好辛苦。

翘首以盼的哑铃终于到货了。可能是量太多了，这次送货的车难得的是有人驾驶。哭着央求瘦弱的司机原样送到计量所。可能是被我明显的感冒发烧的样子吓到了吧，司机战战兢兢地让我坐到副驾驶位置上，把哑铃拉到了计量所。帮了大忙。

计量一点八吨。

"很努力啊！"

计量所的职员第一次嘟哝了句客气话。泪流。

剩下的好像不到一百一十八公斤。终于，好运来临。

第三十天

原想只剩一点点了，但就这一点点尤其费劲。

虽说已拿去了将近两吨九百公斤，但剩下的一百一十八公斤却毫无办法。

就说家里的东西吧，只剩睡袋、几件换洗衣服，以及一辆手推车。我知道这辆手推车有二十五公斤。就这种情形，现在把手推车拿去以后也不会有什么不便。

推着车去了计量所。二十五公斤。还剩差不多九十三公斤。

买了拉面。心虚硬币余额，决定吃一半，另一半明天吃。觉得自己瘦了一些。

第三十一天

饿着肚子没法思考。水管还有自来水，一个劲儿喝水。吃剩下的拉面。

肚子太饿，胃以难以忍受的绞痛开始抗议。

还有九十三公斤。眼泪流下来了。

泪眼蒙眬看到挂在墙上的衬衫。那是为找工作一直留到最后的。但是现在已经不是说那事的场合了。睡袋也扔了吧。换洗内衣还有必要留着吗？

可能是营养不良的缘故，脚底长的水泡迟迟无法痊愈。拖着疼痛的脚，跌跌撞撞去到计量所。

衬衫和睡袋、换洗内衣，七公斤。我已经身无一物了。没有窗户的房间里，空空荡荡，一无所有。还有八十六公斤。

看到衬衫被扔到垃圾桶里的那一刻，我的心像被挖了一个巨大的空洞。那可能就叫"绝望"。

躺在冰冷的床上，胃疼得我直打滚。

第三十二日

买了三份拉面。硬币没了。

没有钱了。给我剩下的，只有三份拉面。

坐在房间地上，哭泣。

哪里都没有垃圾。计量二十三克。

第三十三天

没有垃圾。计量二十三克。拉面剩一个。

第三十四天

拉面没了。计量二十三克。拉面吃光了。眼前一片黑暗。

第三十五天

我直接去计量所了。

说是直接，根本无法直直走路，喝醉了一样地蛇行。

计量所职员用询问的眼光看着我。

我指了指自己。

"称重。"

职员点点头，指示我站到一个大秤上。"八十八公斤，多了两公斤，怎么弄？"

我两眼空虚，摇了摇头。

"好可惜啊。没问题吗？"

职员用不掺和任何感情的声音问道。感觉他的声音像从远处传来。我点点头，攥紧发抖的手指。

"——没问题。反正我也是一垃圾。"

"大家最后都这么说。"

"咣"，职员盖上了章。

火酒草与猫

文／林让治 译／刘金举

　　从早晨一直走到傍晚，我已经行走了整整一天，途中连一个行人也没有碰到。在山中走路本身不难，只要沿着路行走就行了，因为虽然沥青路面已经退化、开裂，但毕竟还是绵延的道路。

　　虽然道路荒废得很严重，但是与山中野兽行走所形成的"兽道"相比，这种道路还是相当不错的。

　　在最繁盛时期，每天有很多满载木材和火酒草的卡车川流不息地穿梭在这条道路上。不过，这已经是二十多年前的事情了。

　　每隔几公里，就会穿过一个由数个民居组成的生活区。现在看起来，这些生活区就像一个个小村落，只是这些村落规模很小，只有二十户左右的规模。

　　由于被极具侵略性的、高高的火酒草所包围，这些大多由木材建成的民居，基本上已经完全被侵蚀，破败、腐烂、坍塌，几乎无法确认建筑物原来的样子了。

　　但颇具讽刺意义的是，那些用塑料板所建的临时房，尽管便宜，却能抗拒环境所造成的这种破坏，依然还在顽强地挺立着。树脂窗户，尽管已经由于紫外线的照射而老化、变色，却并没有像玻璃窗那样破碎，树脂窗框内部也保持着洁净，令人惊讶。

我拿出智能手机，把周边的景物拍摄下来，上传到"云端"，以确认位置。

例行地，我观察了一下周围废弃的房屋，触目可及的，仍然只是蚁穴和蜂巢，并没有我要寻找的动物，感应器也没有反应。

我身边是沥青铺就的地面，除了这些，最引人注目的，就是山上的火酒草。就是这些草，疯狂蔓延，最终崩坏了房子，并蔓延开去，形成了现在所看到的大草原。

这里所说的火酒草，是以甘蔗为母体，经过转基因改良所形成的新植物，作为制造生物乙醇的原材料，一度被大肆宣扬。走到这座山的下面，就是生物乙醇工厂的遗址。

对了，这所生物乙醇工厂，就是因为成本高、盈亏不合算而倒闭，火酒草农场也因此而荒废了。由于没有人管理，火酒草就慢慢侵蚀了山体，并最终侵占了这里。

当然，如果将导致山体异变的原因单单归结于火酒草，那是有失偏颇的。为了发展林业和生物乙醇提取事业，当地大规模砍伐林木、垦荒造地。砍伐后的荒地，还被开发成住宅用地销售。但是，随着生物乙醇提取事业的失败，以及森林砍伐所造成的水土流失、山体崩塌，住宅区发生了大事故，人们不得不迁走。

也有人曾经讨论将这里改为产业废物堆埋场，但在规划之前，就有不法企业偷偷弃置了巨量的废弃物。这些黑心企业收取了循环利用费，却挂羊头卖狗肉，不加处理而偷偷地违法弃置。所弃置的主要是家电、电子产品，还有房子上拆下来的太阳能电池之类的。

虽然随着不法企业主被逮捕，不法弃置现象绝迹了，但是这些被弃置的大量的废物，更是加剧了这里的荒废化程度。

大规模的山体崩塌，加上产业废弃物的不法弃置，使土地的荒废程度达到了极点。因此，当被放任自生自灭的火酒草开始繁茂起来时，大家不惊反喜。因为当时大家都认定，荒废的土地将会因此而获得新生。

由于产业废弃物的弃置而狼藉一片的大地确实变绿了，但是生态却失去了多样性。这是因为，为了提高生物乙醇的提取率，遗传基因专家在设计火酒草时，加进了促进草类长高、提高其生长密度的遗传基因。阳光根本无法透过这种草的遮蔽，也就无法照射到地面上，矮小的植物自然也无法生存和生长了。

而且，人们原本以为，由于火酒草是依靠地下根茎蔓延繁殖的，不会侵害到森林，结果却让人大跌眼镜，不但作为河流水源地的大山生态系统遭到破坏，这种影响还波及河口至近海的海洋之间的生态系统。由于独霸土壤，火酒草导致土壤贫化，并进而引起连锁反应，随着河水中的营养成分减少，海洋中的浮游生物，以及生物链上的鱼类减少，最终导致渔业产量降低！

面对这种情况，人类当然没有袖手旁观，或者说束手无策，而是采取了种种措施，比如，首先在发生地表开裂现象的山顶植树等。但是，我们所失去的并不单单是森林，而是森林生态体系的大崩溃。恢复这个生态体系所要花费的时间，要远远超过植树造林所需要的时间。

这也是现在我来到这里的理由！

临近傍晚时分，我终于有了收获。在几乎已经完全崩溃的沥青道路上，我发现了一只老鼠的尸体。我马上拍摄了照片，并发送出去。

老鼠是刚刚死的！它是因为脖子被咬断而送命的，而且尸体还被撕烂了。由于火酒草的影响，这里的生态系统，已经失去了原有的多样性，已经没有其他种类的动物。那是什么动物杀死了野鼠？

为了减少害虫、害兽的危害，设计火酒草时，遗传学家加入了草食动物无法消化的基因成分，改良了品种。因此，这种草在发酵之后只会形成酒精，而不会被消化。

正是由于这个原因，草食动物剧减，城门失火殃及池鱼，肉食动物也自然销声匿迹了。但是，只有野鼠——那些由于基因突变，演化成了能消化火酒草的野鼠，独霸了草原。

这些野鼠，还与火酒草形成了共生关系，吃掉了那些与火酒草形成竞争关系的植物的果实，从而导致了这里生态系统的单一化。植物的单一化现象，从聚集在尸体上的昆虫的种类就可以得到验证：几乎都是蚂蚁。

但是现在，可以说曙光初现，因为我在这只老鼠的尸体上发现了苍蝇！苍蝇不但为数不少，而且还是两个属种的。

"是老鼠的功绩吗？"

只是一只老鼠，就能引起这么大的变化吗？但是，单一的生态系统——这一严重的问题，其特征难道不正是脆弱性吗？甚至脆弱到即使一点点的变化就会整体崩溃的程度。因此，即使一只老鼠，也有可能引起如此巨大的变化！

"我本来就认为，人工智能是不好的词汇。"

朱美抱着小猫托玛，用手抚摸着它的头部。托玛一副听之任之的神情，老老实实地躺在朱美的臂弯里。

"人工智能有哪些不好？"

我从中央式厨房中探出头来问。由于正在专心调制白汁沙司，我的回答显得有点漫不经心。不过，如果沙司调制得不好，肯定会影响到脆皮烧烤的效果，大意不得。

"首先是，为什么人工智能要模仿人类的智能？"

"是因为实用性吧。如果机械拥有了智能，就会大大提高便利程度。"

如果机械拥有了智能，那么就不需要人们费心费力地来调制白汁沙司了，用面粉和牛奶来做脆皮烧烤时，就不会烤焦了。对，人人都可以成为超级大厨了。

"胡椒放到哪里了？"

"我们都交往三个月了，这点事情还记不住！就放在厨房盐罐的附近，你找找看。这也是你的家啊！"

说话时，朱美的手腕动了一下。瞅准这个机会，猫钻了出去。这套房子是三居室，不知道猫逃到哪里去了。

"胡椒找到了。"

"不过，如果有了人工智能，就不需要我们刚才所讲的话了！那岂不是很方便？"

"问题就在这里啊！"

"你说的是？"

"大家将能够依靠智能行动的机械，都看作无条件地模仿人类智能的东西。但是，智能行动未必就等同于人类的智能啊！"

我们两个人的争论，一直持续到烧烤完成。这与大家印象中恋人之间的卿卿我我大相径庭，但是在朱美看来，正是因为恋人，对方才是可以信赖的对象，所以才需要将这种争论进行到底。我也是这么认为的。

"二十世纪中期，美国的人工智能研究，曾经分析过青蛙的眼睛。

当时的水平，甚至连青蛙眼睛的构造都无法用机械再现。”

“现在已经没有问题了吧。连脸部识别技术都这么发达了。”

“问题并不在这里。例如，直到今天，我们还是无法完整再现苍蝇的信息处理能力。如果我们能够再现苍蝇的视觉信息处理能力，必然具有无限的应用前景。比如我们可以将这种能力应用到汽车回避冲撞方面。”

直到这时，我才觉得自己终于理解了朱美所提出的问题的实质：“你所说的，就是开发智能机械的着眼点，不应该是单纯再现人类的智能，而是应该更加多样化。比如再现动物的智能？”

“对，就是这个意思吧。动物也会采取智能反应。人们往往认为，智能的本质在于人类的智能之中，但是我倒觉得，智能的本质存在于动物理智性的行为之中。”

“动物也能采取理智性的行为吗？”

就在这时，托玛不知道从哪里钻了出来，嘴里叼着一个毛茸茸的、圆圆的东西，一直跑到朱美面前，然后松开了嘴。

朱美将玩具抛向远方，托玛欢快地追了出去。

“当托玛想玩的时候，就会叼着玩具过来催我。这不就是非常理智性的行动吗？”

由于事先已经确定了宿营地，我就以发现老鼠尸体的地方为中心，操作便携式无人飞行器，作进一步的精密调查。

借助无人飞行器的调查，我发现了一个有趣的事实。之前，我们一直认为，如果生态系统发生变化，一定是在“面”的层面进行的。但是现在我发现，变化的征兆，与其说是在“面”的层面展开，倒不如说是在“线”的层面上发生的。在火酒草所形成的草原上，出现了几条类似于"兽道"的线条，沿着这几根线条，植物生态呈现出多样化倾向。

如果借助卫星或者航拍照片来观察的话，这些线条肯定会被忽视，因为这种变化实在是太小了。但是，这种变化切切实实已经发生了。

不但野鼠的数量减少了，而且它们的移动通道好像也出现了中断现象。还有，火酒草也出现了被咬断的迹象，也许这个说法不准确，对于施咬者而言，也许这就是玩耍。但是考虑到玩耍本身就是理智性活动的证据，那么如果这真的是动物玩耍的结果，就说明这种动物已经拥有了理智。

我架起帐篷，开始准备野营。在这深山中，一旦太阳西沉，人就知道究竟什么是黑暗了。

仰望太空，群星密布。如果将星星分为几等的话，在城市里，只能观察到一等大的星星，但在这里，甚至可以看到五等大的小星星。真的会让人产生一种感动：宇宙里竟然有这么多的星星！

我究竟是因为什么才来到这里的呢？我并不是受什么公司或者人的委托，而是因为喜好才来的。那么，我为什么置繁忙的工作于不顾而请假来到这里的呢？

我一个人，一边远眺着星空，一边喝着咖啡。我察觉到：这是因为朱美！不对，应该说，从一开始我就知道是因为朱美。

今天是朱美的忌日！一年前，她在这里发生事故而丧生。那是过敏性休克，是废弃物中的医疗废弃物所导致的。

已经过去一年了！老实说，我也不确定自己的记忆是否一切都准确无误。那是我们结婚三个月后发生的事情。

参加完丧礼，我以丈夫的身份，整理了她的遗物！我的记忆，就是从那时起开始变得模糊的。这一年来，与其说是还活着，倒不如说是我还没有死。

之所以在她去世一周年的忌日来到这里，从某种意义上来说，也许我就是为了寻找让自己活下去的意义。为了朱美的理想，我想给这样的生活画上句号。

探测仪显示，它来了，在慢慢靠近。

"是猫！"

朱美是用电脑给我看的，画面上所显示的，怎么看都是猫。只是，这不是一只活猫，而是机器猫。大小与猫一样，能像猫一样地活动，简直是与猫一样的机器人。只不过它的外表涂的是迷彩色。

尽管如此，我还是难以接受。

实际上，上周我向朱美求婚了。当时她的回答是："你突然这么求婚，我无法马上答复你！"

她并不是要拒绝我，而是她还有自己的考虑：是不结婚而只维持目前的这种关系，还是现在马上就结婚？但现在结婚还为时过早，当然将来肯定是要结婚的。

就在她答应给我答复的那天，她给我看了机器猫的视频。

"第一号是猫！这是因为，如果再小的话，开发成本就会上升；如果再大的话，制造成本和运营成本就会上升。猫是最经济的。"

"你是说，这个机器猫拥有人工动物智能？"

开发能进行理智性活动的机械，不应该固执地拘泥于人类的智能，倒不如学习动物的智能！这是朱美的立场。

在公立研究机构工作的她，具有将这个理论在机器人身上实践化的条件。她所完成的，就是画面中所出现的机器猫。

"你考虑将它作为宠物推广？"

也许从猫的角度来看，这个机器猫就是猫吧。托玛用前爪去触摸画面中的机器猫，还用蹭鼻子的方式与它打招呼。画面中的机器猫自然没有任何反应，托玛显得非常失落。

"确实，很多人将它看作宠物。但实际上，尽管外观像猫，但它能与人交流，拥有人工智能，与人工动物智能不同。"

"那你准备用它做什么呢？"

"放生，让它成为野猫。"

"野猫？"

"物竞天择，适者生存！这个机器猫，将会适应所放生的环境，并生存下去，还会像真正的猫一样，狩猎小动物。"

"毕竟是机器，即使能够狩猎，它也不吃啊。"

"当然不会吃。不过，它的狩猎对象数量会减少，尸体也会成为昆虫和其他动物的食物。当然，机器猫也存在被大型动物错认而遭到猎杀的危险，但是，如果它能够适应环境，就能够生存下去。这才是动物智能本来应该具有的面目。"

"你所说的，我不是很明白。不过，野猫的生存战略，确实具有人工动物智能的性质。虽然不能说将它放到街上去，只要它能生存下去就是适应了环境。也许只能证明，这个机器很结实耐用而已。"

"我也考虑到这个问题了。找一个地方，这个地方需要具备这样的条件：由于胡乱开发而导致生态环境遭到破坏，而且由于不法弃置废物，已经被弃置不用。

"我会把这个机器猫放生到这样的生态体系中。这样一来，这个生态体系所失去的那一个环节就会获得重生，生态体系的循环就会因此而逐渐恢复，整个体系就会得到改善。

"实验区内其他捕食动物剧减，就会导致野鼠泛滥。只要减少野鼠的数量，恢复局部的平衡，逃走的动物就会慢慢回归。这样，也许生态体系就会复活。

"如果能够证明这一点，我们就可以在废弃的土地上投放机器动物，让他们承担恢复生态体系的作用。这样就可以在真正的动物繁衍起来之前，由它们承担起维持生态体系的任务。"

朱美详细介绍道。

"生态体系的功能啊！"我明白了。

"我也考虑过，如果没有你，我的人生这一生态体系，就不存在了。"朱美笑道。

就这样，我们建立起了我们的家庭这一"生态体系"！只是，正如生物种类很少的生物体系非常脆弱一样，随着妻子发生事故去世，我们的家这一"生态体系"一下子也土崩瓦解了。

已经是垂垂暮年的老猫托玛，受到这个打击，也很快追随妻子而去。我们的家这一"生态体系"，就只剩下了孤零零的一个我！

在帐篷外，我用刚煮开的水冲泡咖啡。在漆黑的夜晚，朱美放生的机器猫，应该能够看得到咖啡所发出的紫外线。动物智能型的机器猫，被赋予了夜行的本能。

我看不到机器猫的身影，但是智能手机的 App 显示，它已经靠近过来了。

"这只机器猫，还活着啊！"

说机器还活着，似乎有点奇怪。但对我而言，只有用"活着"这个词语来形容这种情况才最合适，因为这也是亡妻的愿望！

周围的迹象显示，某种东西正在靠近过来，但是我听不到脚步声。

机器猫，真的完全进化成了猫！

突然，我感觉到有东西贴近了我的手指甲。这种撒娇的方式，与我们饲养的托玛如出一辙。所以，如果我们按照托玛所喜欢的方式抚摸，机器猫也会像托玛一样，舒服地躺下来，袒露着肚皮撒娇。

好像朱美将托玛的模式设定在了机器猫身上，也许这就是顺理成章！

不仅如此，朱美也将我的数据输入到了机器猫身上。只是我不知道，当时她是把我设置成了机器猫的主人，还是仅仅设置为一个对于机器猫而言不需要提防的人。

也有可能朱美将她、我和机器猫设定为一家人了！一边抚摸着舒适地躺在我脚下、对我完全不设防的机器猫，我一边这么想。

我迈入帐篷，机器猫也竖着尾巴，跟着我进来了。面对我打开的灯，机器猫刚开始显得很不适应，不过很快就安静下来了。

朱美告诉我，这只机器猫是用很结实耐用的材料制成的。确实如此，机器猫没有显露出一点点发生故障的迹象。只不过，也许是在山间穿梭生活的原因吧，它身体表面所漆的颜色，微微给人一种饱经沧桑的感觉。毕竟是一年，这么漫长的时间啊！

机器猫又躺下来，还是想让我爱抚它。我从箱型背包中，拿出一个非接触型的数据存储装置，装到机器猫的头上，打开了开关。

机器猫好像睡着了。某种意义上是睡着了，虽然是机器，但是人工动物智能，就是具有这样的能力，能随时将通过学习所获得的成果，应用于改善原来程序中的不足。

这是我借助朱美所留下的笔记，继续研究所完成的成果。系统升级完成了，机器猫开始对系统作动器自动检测。表现在动作上，就是像睡醒的猫那样伸着懒腰。

　　继承了父母双方基因的人就是父母的孩子，这只机器猫，拥有我和朱美共同编制的程序，那自然是我和朱美的孩子了。

　　我又打开箱型背包，摊开并摆放在机器猫面前。里面是机器零件，刚够用来组装另一台机器猫。这也寄托着我对朱美的思念。

　　就像猫拿玩具玩耍一样，在升级后的程序的指引下，机器猫马上去接触那些零件了。

　　第二天我也待在那里。用我准备的零件，这只机器猫又安装了另外一台机器猫。当然，由于毕竟是机器，有些组装步骤它无法独自完成，我也帮了它。不过，这种帮助只有四次。

　　机器猫发展成了两只。没有一个父母，会希望自己的孩子一个人孤零零地生活在野外！从今天起，机器猫可以开始与同伴一起生活了。

　　机器人没有生育能力，但我给机器猫设置了为同伴提供某种程度修理的功能。也许这两只机器猫总有一天会化为尘土，但因为现在它们能够互相为对方提供修理了，估计会大大延长它们的寿命。

　　两只机器猫，其中一只已经积累了野外生活的经验，另外一只还是一只幼仔！这两只猫，再次回到了荒野。

　　走之前，老机器猫又仰面躺在地上，把肚皮露给我。在我抚摸了它之后，老机器猫跳入了火酒草丛中，幼机器猫也紧紧地跟随着它。

　　对于我而言，这就是我实现亡妻的心愿、献给她的类似于贡品的仪式，说是一种自我满足也不为过，不过我并不后悔。

　　事情并没有到此为止。被火酒草所占领的那座荒山，据说近年来迅速恢复了活力。野鼠数量急剧减少，动物多样性迅猛发展，在一些地方，甚至可以看到阔叶林木的幼苗了。

　　但是另一方面，在这好不容易才恢复的生态体系中，也出现了拾荒人，他们从产业废弃物中寻找有用的零部件。种种原因，导致山路被封锁了。

　　由于是研究者，我获得许可，通过被封锁的道路，进入了山里。这天，正好是妻子的第三个忌日。从上次见到机器猫，已经过去两年了。

　　在这两年时间里，风景的变化实在是太大了。虽然火酒草仍然是生态的霸主，但是很明显已经显现出颓势，杂草和树苗已经随处可见了。

　　正因如此，山道更加难走了。经过艰苦跋涉，我终于到了原来的那个宿营地。到了晚上，机器猫又来了。

　　我还以为，还是只有一只或者两只向我撒娇。但是错了，至少有十只。它们撒娇的方式一如既往，完全一样，只是给我的手的感觉不同。

　　打开灯一看，除了之前的两只之外，还有十只机器猫，都是用产业废弃物中还能使用的电子和机器零件拼装的。

　　"学习能力这么强啊！"

　　在相互修理过程中，两只猫掌握了拆卸废弃的电子零部件来拼装的技术，组装了第三台机器猫。慢慢地，就这样形成了一个机器猫群！这就是环境适应能力。

　　数年之后，由于被机器人废物利用，电子产品的废弃物从山里消失了！随着生态系统的恢复，机器猫的子孙们，适应于所生存的环境，也各自进行了改良，形态发生了变化。如果这个说法贴切的话，那就可以说，它们继续着生物学意义上的种的分化，并在生态体系中，占有了自己应有的一席之地。

　　而且，与机器猫的子孙一道，火酒草也突然发生了变异，适应了大山的生态体系。大山也复活了！

　　在妻子的第七个忌日里，我又进入了大山中。随着植物的多样化，原来的道路早就消失不见了。费尽千辛万苦，我终于到达了原来的那个宿营地。在那里，停站着十只像乌鸦那么大的鸟。

　　用产业废弃物所拼装的机器鸟！

　　"竟然进化到了这种程度！"

　　我目瞪口呆！就在这时，机器鸟躺在了我的面前，袒露出肚皮。那模样，活脱脱就是另外一个版本的猫啊！

你相信不老不死吗

文／高井信　译／刘金举

"嗨，你觉得，这个世界上有不老不死的人吗？"

"嗯？"

我吃了一惊，盯着那个问话的男子，那是一个非常帅的好小伙。

当时，我正在酒吧里，一个人端着酒杯，喝着用水稀释的酒。坐在我旁边的年轻人，突然这么唐突地发问，因此我才有点吃惊。

"你……你问的，是不老不死？"我的话语中也显露出吃惊。

"是的。"年轻人点头回答。那语气是明确无误的。

"……？"对这个没头没脑的问题，我不知该如何作答。

我沉默着；而年轻人则是一副迫切倾诉的神情。

"能听我解释一下吗？"

"啊，当然……当然……"

虽然丈二和尚摸不着头脑，我还是点了点头。

"多谢多谢！"笑容第一次浮现在年轻人的脸庞。"其实，为了找寻不老不死的人，我已经游历了整个世界。"

"整个世界？"虽然完全不相信有这种事情，但是我还是这么平静地附和了一句。这个年轻人，是在跟我开玩笑，还是脑子不正常？但是，一眼就能看出，他说话态度非常诚恳，而且也充满理智，根本不像刚才所说的两种情况。

"是的。让我从头说起吧。当我还是一个孩子的时候，就听说这个世界上也许存在着不老不死的人。刚开始时，我也不怎么在意这件事，但是随着年龄的增长，怎么说好呢，我渐渐开始坚信，这个世界上确实有不老不死的人。"

"这样啊。所以你就开始满世界地去找寻这种人了？"

这是一个颇能让人产生兴趣的话题。我感到，我渐渐为这个年轻人的话语所吸引了。

"那么，你找到不老不死的人了吗？"

"没有，非常遗憾……"

年轻人的情绪有点低落。

"这样啊，就是说，你毫无所获？"

"不是，并非你所想象的那样。"

"你是说？"

"是这样的，提起不老不死，大家往往都会认为这就是一码事，其实这是错误的。不老和不死，是两码事。"

"这样啊！"

"我先说结论吧，我分别遇到了不老的人和不死的人。"

"真的！？真的有不老的人和不死的人？……世界上真有这样的人？"

我手中的酒杯几乎脱手落地。简直是天方夜谭！但是年轻人肯定地点了点头。

"是的，千真万确地存在。我亲眼所见。只是……"

"只是什么？"

"他们都不是我所找寻的目标。比如，不老的人，只是不老而已，其中有的人要么患重病而死，要么遭遇交通事故而亡。换言之，衰老之外的其他因素，都能导致他们死亡。活了几百年，期间不可能无病无灾。实际上，我所遇到的不老的人，已经活了两百五十三岁。他在一百四十八岁的那年，遭遇了一场事故，不得不截掉了两只脚，而且，我见到他的时候，他又患了脑肿瘤，可以说已经是风烛残年、朝不保夕。虽然样子看上去仍然像青年人，但是却整天卧病在床，简直是惨不忍睹啊。"

"确实是够惨不忍睹的了。这个人，现在怎么样了？"

"两个月后，他去世了。我还去参加了他的丧礼。"

"这样啊。那不死的人，又怎么样了呢？"

"当然，我也见到了。只是……"年轻人又有些吞吞吐吐了。

"那这个人最终也是……？"

"是的。听他周围的人讲，他已经活了三百六十岁了。但是，见到他时，你几乎不会认为这是一个人了。"

"怎么回事？"

"你还不明白？上了三百岁的老人，你想象一下会是什么样子？那样子，只能用老丑两个字来形容。全身因为衰老而颤抖不已，完全不能自我控制，耳聋眼花，甚至连话都说不出来了……"

年轻人的话透着悲伤。我的心情也受到影响，变得非常暗淡。

"这样啊……！大家都说要不老和不死，这么看来，不老和不死也不是什么好事啊！"

"是啊！还是只有将不老和不死完美融合为一体，才好啊！"

"但是，你没有遇到过这样的人吧……"

　　"没有遇到。不过，还是有希望的。不老不死，是特殊体质，换言之，我认为这是发生了突然变异的身体。这个世界上，存在着不老的变异体，也存在着不死的变异体，所以，即使存在着兼有不老和不死的变异体，我觉得这也不是什么奇怪的事。当然，这种概率，也许是天文数字般难得的吧。"

　　"我也有同感。"

　　年轻人的话中，充满奇妙的说服力。我不由自主地认同了他的说法，原来抱有的猜疑心，几乎烟消云散。我开始津津有味地听他的陈述。

　　"除了这两个人之外，你还遇到了什么样的人？"

　　"我还遇见了研究长寿药物的科学家。"

　　"是吗？怎么样？"

　　"我还期待着他会让人不老不死呢，结果大失所望。"

　　"为什么呢？"

　　"是这样的。这个科学家所研究的，其实只能叫不眠不休药。虽然我不了解详细情况，但简单来讲，其机理是，人生的三分之一是在睡眠中度过的，假如上天所给的寿命是八十岁，如果不眠不休，单纯从数字计算，就等于活了一百二十岁。就是这样的理论……"

　　"这与你所找寻的目标大相径庭呢。"

　　"是啊，所以我与他稍作交流就告辞了。"

　　"那他的不眠不休药，已经制成了吧。"

　　"怎么说呢？据说已经接近完成了，他后来开始用自己的身体做人体试验。"

　　"嘿，结果如何？"

　　"有点难以开口呢……"年轻人又有点吞吞吐吐了，但他似乎很快就下定了决心，"还是告诉你吧。据说他患了不眠不休症，最终发展成神经质，被送入精神病院接受强制治疗。确实是一个令人痛心的事情。"

"是啊，确实让人痛心啊！"我也点头道。

"此外还遇到过谁？"我又引导道。

年轻人抱着双臂，在脑海中极力搜寻着，最后还是失望地摇了摇头："就这三个人吧。除了这三个人之外，其他的人，甚至都说不上与不老不死有关。"

"是吗？真遗憾。不过，听你的介绍，我才知道这个世界上，还是有不少形形色色的人呢。老实说，我刚才都大吃一惊了。……我可以再问一个问题吗？"

"什么问题？"

"你现在还相信这个世界上真的存在着不老不死的人吗？还有，今后你还会继续满世界地去找寻这样的人吗？"

听我这么一问，年轻人再次陷入深思之中。

过了一会儿，年轻人终于张开了口："是啊……，这真是一个难以取舍的问题。……老实说，即使是我本人，现在也不得不开始思考是否要停止找寻了。毕竟……"

说到这里，年轻人顿了一下，深深叹了口气。

"毕竟？"

"毕竟我已经找寻了五百多年了，直到今天仍然一无所获……"

接骨木之岛

文／高野史绪　译／祝力新

　　久子通告了自己的笔名，四个女孩子的表情立即亮了。

　　其中一个女孩子高兴地说："您的那个获奖作品也列席了这里的读书会。"其余三人用力地颔首赞成着。久子故意没有询问她们读后感想。越是读了庞大数量的书籍的人，头脑中储存的信息越是多不胜数。如同久子的表弟四郎那般能够当即回忆起所有阅读过的故事、数据和来龙去脉的人物是极其稀少的。

　　幸运的是，四位女孩子中的一人还是熟记了久子书中的内容，交谈便顺畅地进行下去了。便是那位最初认出久子、并口称"您就是作家老师"的女孩子。她虽身着便服，仿佛仍是高中生的年纪。恐怕是在久子出道时尚未出生的年轻读者。

　　"那个短篇小说被禁止发行了可真是遗憾啊。"略年长的脸颊容长的蹙眉女孩说，"我还想再深入阅读，曾想过研究书中原型的。"

　　在久子难以看到的角落里，坐轮椅的女孩暗中扯了扯蹙眉女孩的衬衫。

　　"那个小说嘛……"

　　久子毫无不悦表情地接过了话题，即将变得紧张的氛围立即缓和了。

　　"我也没考虑过。原型中的大部分来自陀思妥耶夫斯基和丹尼尔·凯斯[①]这类的古典……即便不清楚细节处的原型，也不影响对故事本身的理解，所以并没有留意，显然那些原型看起来不行呢。"

　　四位女孩子微妙地点头表示赞同。每周五有惯例的读书会，因此她们都手持同样的书。上个月读书会上探讨的，是久子的一位后辈在某个文学奖上的获奖作品。

　　"那也只能如此呀。因为打算尝试挑战自我，与其深思熟虑是否会被违法论处……倒不如说是想要试探一下底线在哪里。"

　　禁止发行的处分并不会成为犯罪前科。这项处分对应的是"文化"政策，即便作品遭到禁止，作者自身的言论自由并不会被剥夺。

　　"但请您不要消沉哦，老师！我们都在等着您的新书。老师的书如果不早早写出来给我们，恐怕书店排队的人群就不能再等了哟！"

　　这次，其他女孩都对蹙眉女孩投出了非难的眼神。但久子却一边微笑着一边回答说："谢谢，我会加油的！"或许是读书会的时间即将逼近，她们仿佛受到催促一般走向楼上的活动会场。

　　并非由于久子的心胸开阔。淡漠地面对人世，才是全副武装的阿姨的心态。

　　共荣堂书店在贫弱地方城市的书店之中算是规模大的。久子小学的时候，这家书店已经拥有了内外两栋楼的铺面大小，此外还有二楼。在面向外侧的拱廊大街的店铺中，放置有杂志、文具和新刊

---

① Daniel Keyes（1927-2014），美国作家，曾任杂志编辑、时装摄影等职。其创作以科幻小说为主，因擅于描写多重人格的人物而著称。

书籍，低两个台阶的内侧店铺中有专业书和文库本[②]；二楼则是儿童书、学习参考书和漫画；三楼是音乐教室，那之上好像是个仓库。

那是在即将上中学之前，久子初次购买埃勒里·奎因[③]文库本的书店。奇怪的是，并不特别比其他同龄孩子更为头脑聪明的久子，是否真的读懂了埃勒里·奎因。然而，乡村图书馆少女久子此前只能借阅到面向儿童专门改写的《埃及十字架之秘　》[④]之类的书，取得与大人同样的文库本才是真正人生的开始。

在共荣堂遇到的、无法得到的书当然很多。写了关于推理小说的杂学的某本书，久子至今仍然十分珍视，现在却连书名都回忆不起来了。"埃勒里"这个名字，意思是"生长着接骨木的岛屿"，久子也是从这本书中得知的。

久子升上中学生的时候，隔壁理发店的铺面也被共荣堂收购了。但是，书店面积的扩大也就止步于此了。渐渐地，书籍滞销的时期来临了。在久子搬家后不再去共荣堂期间，听说书店规模愈发缩小，且即将面临倒闭。久子婚后搬去了东京，就连共荣堂的传闻也收不到了。久子以为共荣堂早就关门大吉了。

──────────

② 文库本是日本特有的一种便于携带的平价书籍，一般都是平装 A6 大小，105mm×148mm 的版面。

③ Ellery Queen，美国推理小说家曼弗雷德·班宁顿·李 (Manfred Bennington Lee， 1905-1971) 和弗雷德里克·丹奈 (Frederic Dannay， 1905-1982) 合用的笔名，他们共同开创了合作撰写推理小说成功的先例。埃勒里·奎因是其小说中的主人公，是一位侦探小说作家兼超级侦探。埃勒里·奎因成了美国推理小说的代名词。

④ *The Egyptian Cross Mystery*，埃勒里·奎因在 1932 年创作和发表的小说。

因为书店稍许偏离开了从车站到老家的路线，久子这几年甚至不再打书店的门前经过了。今天由于车站前施工，巴士站点调整，才偶然经过了这里的马路。然后映入眼帘的便是共荣堂了。

书店的拥挤显然区别于往年生机勃勃的景象。这是前所未有的景气状况，是新书的伊甸园。自从那个法律被实施已经五年了，一切都发生了戏剧性的变化。

曾经到处是台阶的店铺内变成了巴厘岛装修风格，二楼曾是自动贩卖机区域的角落，变成了如同都市中心的概念商店一般的促销场地。然后，那里涌来了大批前来购买书籍的客人。人们在新书的堆积台旁聚集起来。尽头处的书架上张贴了海报，在那里不愿等待增印的人们，为了库存的最后一册而争吵着。

不明白是何缘故，唯一没有变化的只有书店的气味。共荣堂作为新书店，看起来仿佛是刚刚开张的，却略带有体育馆的气味。书、人与时代，虽然一切都发生了变化，不知为何只有"共荣堂的气味"保留了原来的模样。

一切都变了。一切。我却不认为这些变化……是朝着好的方向。但也正因当下，久子这种程度的作家，出了新书也马上会被抢购一空。然后，就有人这样地称呼着"老师、老师"对她打招呼。如同那个蹙眉女孩说的那样，不马上写出新书的话，久子的书就会慢慢变得无法在市场流通了。

久子走出书店，回到正在日落的商店街上。往昔狭窄拥挤的拱廊大街已经不复存在。九月的第三周到底仍距离秋天甚远，酷热的暑气旋即包裹住了久子。

明后两日的秋季活动会场，被设置在了银行的宽敞停车场上。这也是久子从孩提时代延续至今的惯例。大抵完成了初期筹备工作的商店街大叔们，已经在帐篷里的折叠桌子上摆了酒。如此说来，在久子的老宅旁，公民馆一侧的空地上应该也是同样光景。久子或许搞错了回来的日期。

巴士减少到了一天仅有十辆左右，八点的时间段是最后一班车。虽说乘出租车回去也可以，久子却不自觉地在等待着倒数第二班巴士的发车时间。那班车只要乘上就可以仅用二百三十日元抵达老宅。

老家宅邸已经没有任何人居住了，虽然挂着"出售"的广告牌，如今没有找到买主，还算是久子和妹妹继承来的财产。所以久子拿着钥匙。因为房产管理的原因，并没有停水和电。委托的不动产商机敏可靠，时常来打扫房屋。

久子心中早已对家中如今的状况有所预估。久子拉起了电闸，只使用仅供照明的最低限的电源，随后，她故意不去看父亲曾经的税务会计师事务所和自己的房间，径直走进了双亲的卧室。

久子不想在自己的房间睡觉。床单是旧的，书架也一片狼藉。久子曾有过糟糕的记忆，那是双亲突然需要看护的时候，久子曾来住过几周，每晚思虑忧烦之事到快要眩晕呕吐。与此相比，双亲的房间里床单是新的，还安装了空调，反而没有令人反感的回忆。双亲的相继过世，并不是在这个房间和这个家中。

唯一为难的是，家里已经没有不停播放的电视了。那是因为在双亲搬去付费老人之家的时候，电视也随之一同送了过去，最后也是由老人之家的遗物整理工作人员取走了。

久子放下大件行李，出了门。虽然有瞬间犹豫，久子还是将数码单反相机挂在了脖子上。一眼看去尚年轻的中年女性，在脖子上垂挂着数码单反相机，穿着所谓的"森女风"的服装，平日几乎都是素颜，赤裸裸地暴露着久子在假装艺术家。但反过来而言，就很难被看出比这种行径更过分的其他事了。

太阳已经落山了，故乡的夜晚有着潮湿的气息。不管如何，此处是昭和向平成过渡时期建造的新兴住宅地区——其实一点也不"新兴"——所谓豪宅仿佛也不过是些狭小的房屋，就这样绵延着排列于此。即便在同一个住宅地区里，对于住在深处房屋的人们来说，车是必备的交通工具。幸运的是，久子的家中老宅临近国道，可以徒步走到家庭餐馆和超市。

还没有走过邻居家的转角之时，久子就被几位阿姨逮到了。是居住地较为近便的、母亲的友人们。分别是养着白狗的阿姨、地主阿姨、护士阿姨和养着茶杯犬的阿姨。

"果真是小久呀。您家里开着灯，所以我就想着果然如此嘛。"

"回来了？能一直住下吗？"

阿姨们七嘴八舌地说道，为了准备秋祭活动，大家都聚集在了公民馆。果然如此。

"久未谋面，对不住了。父亲葬礼的时候，多谢您了……我还担心过，香典⑤还礼是否还有尚未奉上之处。"

"啊呀，不必提那些。虽然明知是您家中的家庭葬礼，我们还是擅自去了呀。说起来反而是我们不好呢。"

久子恍惚觉得，大约两年前在母亲的葬礼结束后，仿佛也有完全一致的交谈。

"那么，今后能回到这里吗？"

"没有，丈夫原本是东京人呀……"

---

⑤ 即白事礼金，日本称"香典"，且有葬礼结束后还礼的习俗。

"那也是。你毕竟已经嫁人了。"

"别灰心。因为你如果不精精神神的，想必令尊也会伤心的。"

"要和丈夫好好相处呀。"

"想回这里玩了，随时都请来。"

每次久子被叮嘱了什么之际，都轻声回答谢谢并微微鞠躬。这是刚成婚的新嫁娘与年长妇人之间才明白的交谈方式，事实上久子早已达到了中年人的年龄段。的确，刚搬来这里的时候自己的确还曾是年轻姑娘。但是，所谓与邻居的关系，往往大抵如此。

与阿姨们数次互相鞠躬后道了别。久子曾认为邻居之类的太过麻烦，而全部委托给了母亲，然而事到如今后悔却已经太迟了。结果，久子在申请看护保险的时候，选择看护人员的时候，久子自己病倒后急救车来的时候，父母搬家的时候，老宅无人居住需要除草的时候，全部是久子单方面地受到了邻居阿姨们的照顾。虽然在节日问候时，给邻居们的赠礼中包裹了贵重的法国红茶，但果然并没有机会能真正地来报答诸位的恩情。

在意大利风格的家庭餐馆里，久子选了微微昏暗的角落，背抵着墙壁而坐。虽说是周五晚上，这附近的饮食店却远不能说成是"拥挤"。饭菜用小碟子端上来，久子一道接一道地点着菜，抿着只有甜味的店选红酒来消磨时间。

再次确认了周围无人监视后，久子打开数码相机显示器的电源。

久子心想着一切并无异常。实际上，如果不看电脑的大画面，是无从得知的，用数码相机小小的显示器扩大到极限，来检查是否有异常。

下午，久子提前两站下了电车，去了自家墓地所在的寺院。

寺院的住持虽说是久子和四郎的远房亲戚，至于究竟是什么亲属关系，恐怕谁也说不清了。他比久子年轻些，是那种发了福的典型"好人"。也是大河剧⑥和假面骑士⑦的粉丝。久子递上了在东京的购物中心特地买来的时髦西式点心，没多大工夫，住持的话题便从无所谓的寒暄转向了大河电视剧之类的话题。住持因为需要时常背诵长长的经文，对电视剧的演职员和剧本之类的记忆力更是不容小觑。等到谈论什么演员长得像谁的这类话题之时，久子终于觅得了机会。住持说某剧的家康⑧扮演者长得极像四郎。

"没有啦，或许只是胡子看起来很像！再说，四郎从去年开始稍微瘦了些……那么，说起小四郎，最近他可曾来过这里了？"

"啊，来了来了。也不能说是最近。那是什么时候呢？在小久父亲的葬礼之后吧。"

如此说来，大约就是在半年前了。这表明至少在半年前四郎还活着。

住持说自己必须要在一年内去两次本山⑨。四郎或许正是知道这一点，他刚好在那之前赶来，期间还提出希望寺院能够收留自己。四郎说自己虽然做不了和尚的工作，还是能帮忙打扫卫生和看守房

---

⑥ 大河剧是日本 NHK 电视台自 1963 年起每年制作的系列连续剧的总称，主要是以历史人物或是一个时代为主题，且有所考证，主要题材多为日本战国时代或幕末的故事，在日本拥有众多观众。

⑦ 假面骑士系列电视剧是由石森章太郎原作、日本东映株式会社制作的系列英雄故事，最早于 1971 年 4 月 3 日播出，假面骑士划分为昭和骑士和平成骑士两大类，受到各个年龄层观众的喜爱。

⑧ 即德川家康。

⑨ 本山指日本佛教的特定宗派内部，被指定为地位较高的寺院，在宗派内部具备中枢的机能，也称为上方本寺。

屋的。他说如今的世道复杂，想要收拾自己的纷乱心境，即便仅有数日也好，想要在远离凡尘俗世的静谧之地度过。

因为了解四郎的诚实人品，住持就应承了他的请求。妻子平日诸多操劳，从未有过像样的假期，如果有人来看家守院，自己也可以用研修的名目带着妻子去京都游玩，住持作为寺院管理人的负担也能相对减轻了。

久子为了不给住持留下刻意的印象，并没有在此之上深挖这个话题。她只是轻声感慨了一句："小四郎就是这样四处走动，给您添麻烦了。"

"不不，我可没有那样觉得。……四郎先生那里，看呀，还有小绮香的事……真是可惜对吧？小绮香的墓地在东京？"

"是，在时下流行的储物柜式的纳骨堂⑩。"

"夫人早先离世了，女儿也自寻短见……有时真让人怀疑神佛的存在啊。四郎能来这里，我心中就很宽慰了。"

并非住持口无遮拦。较之普通人，久子曾切身接触过死亡，这反而成了她无法避讳的话题。

久子先是拜祭了父母的墓地，然后也顺路参谒了同宗祖先之墓。久子用单反相机慎重地拍下了数张照片，那不是她自己的小型数码相机，而是自丈夫处借来的大型单反相机。当然，相机绝不是她擅自带出的，而是趁在监狱探视丈夫之际，郑重求得了丈夫的允许后借来的。

在家庭餐馆的角落里，久子将照片一张一张地排列开，尽可能地详细查看着。没有异常。久子心想……没有异常。但始终有什么

---

⑩ 又称藏骨堂，指将骨灰盒集中供奉的公共灵堂。

在牵动着她的心，让她产生了一种不同寻常的感觉。四郎不可能对葬礼和墓碑去向都无从把握的别家墓地动手脚。同样地，四郎也应该无法接触同宗祖先之墓。余下的唯一可能，就是久子父母的墓地。

久子紧紧盯着相机屏幕，时间漫长得仿佛电池已濒临耗尽。久子将其与此前丈夫在父母的葬礼上拍摄的照片进行逐一对比，终于察觉到了使她产生异样感觉的根源。

盛放香火的石台、装饰鲜花的石瓶——如果尝试细致排查，墓地旁的标示牌上注明了香炉、水钵、花瓶等——所对应的位置存在着微妙的差别。关键性证据是，两个一组的花瓶的左右位置被明显调换了。遗像碑的颜色也有微小的不同。

在久子的祖父母和双亲的骨灰盒后面，一定藏着耐久性的容器，其中被放入保存的想必就是硬盘了。是几个储存了庞大数量的书籍数据的硬盘。

当今世界开始实施《读书法》已历时五年。事实上，不仅书籍，电影和音乐等所有领域中都存在着类似的法律，由于相关书籍的法律率先开始施行，因此被大众习惯性地称呼为《读书法》。

新书的"寿命"被限定为六年。超过期限的书籍，如果没有被认定为"古典书籍"或"保存书籍"，则会被全部销毁。出版一年之后，最多可被允许增印四次。现在市面上流通的书籍，除了少部分得到认定的书籍之外，均使用四至六年后自动分解的油墨来印刷发行。法律实施之前的旧书，则由"官宪"⑪负责检举揭发和销毁处理。

---

⑪ 作者此处故意采用"官宪"一词，极易使人联想起"二战"期间日本警察的特高课宪兵队，具有讽刺意味。

研究类书籍和社会性记录文档等等，也有各自领域内的"暂定保存"政策，但最终如果无法得到万众一致的认可，终究不能避免遭到销毁的最终命运。

由于书籍区别于个人财产或其他事物，短时间内该法律竟意外地得以在各国内顺利推行。究其原因，法律背后有各国专业人士组成的国际团体充当强大推手。

较之书籍，在电影领域推行《读书法》更使人不解。然而，只要细细思索也就说得通了。无论怎样的剧本都会被指责是从前的翻版，无论怎样的片段都会被斥作是某个镜头的盗版，无论怎样的旋律和镜头剪辑都会被否认原创性。滥用套路、抄袭人物形象、剧情被屡屡猜中、剧情铺垫无法展开、原作更加出色为何还要拍摄山寨的影片、效仿其他电视台的栏目、狗尾续貂之作、失败的翻拍、系列作品无法维系等等一系列问题。到底如何解决这些问题？

另一方面，事实上读者（观众、听众）也到了临界点。每天都有新书出版。读书爱好者们在网络上竞相炫耀，新书发售数日后立马上传照片证明自己"买到了"，两周之内不写下读书感想并发布在网上，就会赶不上风潮。被育儿、工作和学业所迫，对于大多数读者而言读完一本书却并非容易之事。在为生活奔波忙碌之时，一本又一本的书出版了。不，如果只是单纯地追逐某一类的新书，限定范围之内的穷尽式阅读并非无法实现。但在实际上，为了读懂数年前出版的某本书，就要追索十五年前写下四十二本著作的某亡故作家的全部作品，还必须要阅读与之相关的其他几本经典之作，在讨论某本书之前一定要阅读其他的书籍作为知识基础……即便"必读书目"因被淘汰而略有减少，作为背景知识必须阅读的书籍总量仍疯狂增长得令人发指。

那些曾经的"必读书目"，对于中老年读者而言不是什么沉重负担。这是因为他们曾在以往真实存在过的时空中阅读过了。艰辛的是年轻人。仅仅以往的"必读书目"的总量，他们穷尽一生也无法读完。偶尔会有超人般的读书家现世，他们从年轻时代便开始逐一消化和背诵所有书籍。在年轻一辈之中，评论家的职责也只有他们才能胜任。不仅如此，如果不通晓过去的旧书，甚至无法在网上交流读书心得。

物理上也存在着临界点。越是喜爱阅读的读书家，越是会陷入买不起书、家中放不下书的困境。读书家的孩子们，生来就居住在充斥着书籍的家庭之中，虽说能接触到以往的书籍是孩子成长的有利条件，但若考虑到如何安放书籍的苦恼，便很难去购买新书了。孩子和父母共同生活在被书籍占据的书架、柜子、床底、地板之外仅余下的狭窄空间之中。生活琐事却不是能够用书本解决的。热爱音乐和电影的家庭也陷入了同样的局面。至少值得观赏一次的以往的名作，便能耗尽一个人半生的时光。不仅音乐如此，不仅漫画如此，随笔、喜剧、流行音乐、广告歌曲，阅遍任何一个类别的全部代表作，恐怕都是耗尽毕生也无法完成的。

简单地说，创作方可以不再被斥责为山寨和套路，读者方也可以从质与量的重压之中解放出来，重拾"为娱乐而阅读"的愉快。

关于书籍的类别，大抵上可区分为《圣经》、《古希腊神话》、《三国志》和《源氏物语》之类的"大古典书籍"，与莎士比亚、陀思妥耶夫斯基和三岛由纪夫之类的"古典书籍"，柯南·道尔的部分作品和艾萨克·阿西莫夫的代表作之类的"指定保存书籍"，今后有可能升级为"指定保存书籍"的当代优秀作品则被归类为"暂定保存书籍"。古典作家们的失败之作和书信往来等内容，作为"保存附属文档"，在各国的封闭设施中只保留了其电子文档，普通人想要取得阅览许可是极为困难的。

至于电子数据，国家严格禁止阅读用的电子书籍以及一切书籍的电子数据化。这是理所当然的。书虽然在物理上被销毁了，如果留下电子数据便会被轻易地复制，那么限制书籍的法律也就失去了意义。

阿加莎·克里斯蒂[12]的作品只剩下数册代表作。令人吃惊的是，埃勒里·奎因和约翰·迪克森·卡尔[13]的作品则一册不剩。久子能有什么怨言呢？毕竟拥有抒发自我意见的权力之人亦不在少数。有那么多作家在一边热切地盼望获得直木奖的同时，却从未曾真正阅读过直木三十五的作品。有那么多用直木奖来判断作家的读者，却从未读过直木三十五的作品。那么，他们真正阅读过吉川英治和山本周五郎的作品吗？读过大薮春彦吗？读过全部有价值的文学作品吗？不可能！你们这些人顶多只读过小说吧？你们这些人别光顾着读小说，至少也应该同时关心政治、科学以及其他领域的艺术门类。电影评论家是在观赏过全部的爱森斯坦[14]的电影、全部的青春喜剧电影、全部的僵尸电影的基础上来评价某部影片的吗？能够在观赏电影的同时涵盖了所有舞台艺术、小说创作以及相关教养书籍的全才是不存在的。反正也没有那个必要！任谁也达不到那种境界！这样说来的话也就没关系了。反正真正阅读过埃勒里·奎因的读者在地球上屈指可数，牺牲出版界的未来整体发展来守护埃勒里·奎因的某本书是绝对错误的。反正在大多数的语言之中，米尔恰·伊利亚德[15]已经绝版。顺便说一句，米尔恰·伊利亚德是谁如今早已无人知晓。书籍携带的信息已经无法覆盖人类的全部知识层面。

针对旧书和电子数据的检举揭发，意外地进展顺利。在这世上，认为知名漫画家、畅销作家、人气散文家毫无趣味的大有人在，到处潜藏着见风使舵的人（当然包括非畅销作家之流，他们甚至在践踏着人性）。他们自发组编成了特别部队，热心且忠诚地执行着任务。这些行径远非焚书或舆论镇压所能比拟。他们认为自己的使命是善举，是将社会变得更加美好，或许自己的著作出版问世的时机也即将到来。

久子虽曾羸弱地立于反对立场，但无人理睬一个不被追捧的作家的所发之言。那些被人揶揄重复套路的系列推理作家们（世界范围内有众多人数），在与该法律相关的国籍团体之中占据一席之地。久子的几个作品因被分类为"推理"曾猜想过会有人来找她加入团体，久子甚至还曾苦苦思索应该用怎样的辛辣言语予以还击，终究还是无人来奉劝久子。久子原本就是这样被忽视的存在。

---

[15] Mircea Eliade（1907-1986），西方著名宗教史家。作为学院派小说家，他在文学创作方面数量颇丰，而其学术重心始终在宗教研究上。代表作品包括《神圣的存在：比较宗教的范型》、《宇宙和历史》、《永恒回归的神话》、《瑜伽：不死与自由》以及《萨满教：古老的昏迷术》等，几乎涵盖了二十世纪所有宗教的重要领域。

部分企图抵制法律的作家们当然也尝试过将被销毁的作品重新包装后再次推向市面。然而那样的小伎俩是无法通过人工智能的扫描的，会被认定为与已出版书的"同一作品"——只做稍许加工、事实上仍是"同一作品"——一经发现当即销毁（在民众无法登陆的网址中保存了已刊书籍的电子数据，以做检举揭发之用）。事实上，大多数的作家们重新翻炒自己旧作的行为，往往会被读者们嘲讽其"笔力衰退"，大多以失败告终。

作家们唯一能做的，就是以"暂定保存书籍"为目标继续写书。受人欢迎的新动向是，这促成了"努力认真的新书增加了"这一事实，这也成了《读书法》得以确立的助推。出版界如此，电影、音乐以及相关产业，也恢复了十几年不曾有过的活跃盛况，经济开始大幅前进。

书评家四郎同时也是知名的藏书家，他的住宅被称为"书的一号魔窟"——不消说书籍从未被打扫和收拾过。正因如此才算是"魔窟"——自然，他是《读书法》反对派中的急先锋。他与自称《读书法》用户派的众多"麻烦论客"们在网上展开了混战，树立了大批敌人，在《读书法》得以实施之前，他在网络论战中早已精疲力竭。终于，他买来了工业用的大型裁纸机，与那些拥有毫不逊色的"魔窟"的同伴，他们共同开始对书籍进行切割裁断。不知何时，他们已经裁断了"魔窟"中的大部分书籍。他们首先决意裁断那些贵重书籍的孤本。

然而，久子敏感地觉察到那绝非单纯的对书籍的切割裁断。他们在违法扫描书籍。虽然久子并不清楚他们保留了怎样的电子数据，总之，四郎他们在《读书法》施行的前后三年左右的时间里，舍弃了所有正常工作，而是随身携带电子数据，或私自夹带纸张书籍，反复不断地进行扫描和切割裁断。那台大型裁纸机安放在此前自杀的女儿绮香的房中，如同革命期间的断头台一般，轻易斩落书脊和封皮。

久子在电池耗尽前关闭了相机的电源。

恐怕是这样，不，一定没错，那是电子数据，至少其中一部分，就藏在久子双亲的墓地中。

久子当然没有打算告诉任何人，去年"官宪"就要逼近四郎的"魔窟"之时，四郎失踪了。现在久子只祈祷四郎能够平安。

在大城市，这样的家庭餐馆通常通宵营业，乡下却显然不太可能。餐馆内惊人地早早就播放了音乐，提醒人们营业即将结束。久子提前离开了餐馆。横穿国道的马路对面，有一家营业时间更晚的快餐连锁店。但久子已经不想再去任何地方了。久子考虑到明天的交通时间，心想着回去后服下安眠药尽早入睡。

夜晚果然比东京凉爽。乡下人烟稀少，车辆更稀少，这就是使人觉得凉爽的原因吧。

丈夫通晓将书籍的电子数据扩散到其他电子数据上的方法（这项技术究竟为何物，久子不得而知），他还开发出在百科事典和大古典的书上用特殊油墨重叠印刷上多本书的技术，因暗中的牵连与瓜葛，他去年被捕了。丈夫犯下的罪行无法获得缓刑，一夕之间便被投入监狱服刑。收监此类犯人的最大目的，是为了让他们脱离书籍。然后，在监狱里他们会成为生产再生纸张的劳动力。丈夫的刑期还剩两个月。

在四郎和丈夫积极行动期间，除了反对运动久子也做了一些其他的努力。数年前，久子在某个大型公开征文中获奖，她由此遭到了诸多非议，被人背后攻击"为了糊口""装模作样故作无辜""专业作家居然参加公开征文"等等。作为久子而言，"糊口"反而不是她的目的。现如今的形势下，即便对于出版社来说，自己公司出版的书籍也常被勒令"去写社会需要的书"，有形无形的各方压力增强了。在《读书法》颁布之前，久子就惶恐不安。她不知道何日何时自己的写作才思会突然枯竭。久子将自己真正想写的，用公开征文的形式发表，这就避免了来自任何一家出版社的压力，久子心怀少女时代将写作视作业余爱好之时的憧憬，将文章寄送去了评委会。幸运的是，评委会的委员尽是些久子可以信赖之人——不被出版社意向所左右的评选——他们都是作家。

应选征文的冲动，或许来自久子的某种预感。不久之后，她就发现自己的健康受损了（严格地说，她这三十年也没有健康过），久子的娘家和夫家中都出现了需要手术的病人，随后双亲便马上需要人来看护，丈夫又被捕了。久子的创作几乎都被中断了。即便生活如此艰辛，久子仍无法忘却的是，自己获奖作品因适用"暂定保存书籍候补之暂定措施"，增印时使用了可以维持十年的油墨。竟然可以将时间设置成为如此精细的定时炸弹！科学技术的种类真是太丰富了！

久子朝着略偏离开老家的方向步行，去逛了住宅地直径一公里圈内唯一通宵营业的超市。

回来时，她只好步行穿过街灯稀疏亮着的住宅地。这里治安良好，完全没有行人，看起来这都不是问题。但久子回想起了"网络上的恐怖传说"，在不可能出现任何问题、看起来什么都不会发生、却反而令人恐惧不安的街道上，一个人的步行变得沉重不堪。

"啊，您好！晚上好啊。抱歉啦，打扰一下，询问您几句话可以吗？"

经过某个街灯下的时候，在久子视野的右前方停着一辆自行车，看起来颇为老练的警察走过来向她搭话。久子用没有垂挂着超市购物袋的手，轻轻触摸了一下单反相机，她不经意地展示着自己是一个向网络上传美丽照片、与年轻人争论来寻找存在感的老阿姨。

"抱歉啦！我就是这样的工作呀。身份证，稍微……能给我看一下吗？"

警官用娴熟的姿态一边立起自行车一边说道，他用看起来十分抱歉的样子向久子略略低头致歉。久子无言地在手提包里翻找后，递上了身份证，警官用再次致歉的动作接过，瞟了久子几眼。仿佛刑侦剧中的好警官角色的登场。警官的直觉被触发了，所以获取了嫌疑人的相关信息。这种人简直可以成为剧中的刑警主人公，在派出所工作简直太屈才了，真是谦逊的演技啊。

"请出示身份证"的场景，过去常在美国电视剧中见到，如今在日本也普及了。身处这样的时代也是毫无办法的。警官用扫描仪照了照记载着笔名的久子的身份证，还检查了手提包内。然后，他故意审视着久子的腰腹部。

"啊，您是作家老师啊。这样说来……真的对不住啦。我就是这样的工作呀。那么……现在我去叫女警官来。"

"不必，没关系的。"

久子平静地把没有掖进牛仔裤的衬衫卷了起来。一瞬间，警官露出了错愕的表情。这是久子故意为之的。

在久子腰部略靠下的位置，用薄薄的带子缠着一只黑色的塑料匣子。警官向前探出头来，疑虑地窥视着那里。

"这是胰岛素泵和血糖值测定器，如果想要把这个拆下来检查的话，首先请联系这里。"久子从放着身份证的卡片夹里拿出了一张旧文件。"请和主治医生联络并取得许可，请医生来指定有资格处理胰岛素泵的医疗机关。因为如果随意拆卸会导致死亡。那样的话……"

"啊，不了不了，并没那样的必要……不是非要做到那种程度……啊呀抱歉啦，真是的。太失礼了。啊，收起来就好了，真的对不住。"

警官将身份证归还给了久子，嘴里说着"请您回家路上注意安全"，一边骑自行车离去了。

久子回到老宅后，摘下假的胰岛素泵扔到了床上。假的文件和身份证也一起收了起来。

如果是真的胰岛素泵，拆卸会导致死亡自然是不可能的。虽然过程会比较麻烦，但并不会真的轻易死去。如果是熟悉Ⅰ型糖尿病的警官来询问久子的话，她同时还随身携带旧型胰岛素注射器，那么就穿帮了。为防备特殊情况的发生，久子事先早已将意外场景模拟过无数次。久子认真准备了各式台词，比如可以口称自己刚开始试用胰岛素泵，因此胰岛素注射器是作为必要的补充手段而必须随身携带的等等。如果真要预演完整场景，恐怕不写满八百字的小说片段是无法收场的。她反复地进行预演，直到自己熟练到不再流露出任何刻意的痕迹。

明天并不需要早起。不管如何，通往目的地的公共交通也不会那么早就发动。久子这时才忍不住地想，如果自己懂得开车就好了，但就自己目前的视力状况而言，恐怕是不可能驾驶了吧……

老宅的天然气早就停了，所以无法洗热水澡。久子想，反正一天之内不洗澡也不会死人。她用刚刚在超市买的除臭湿巾擦拭了身体，随后吃了两片安眠药，平时久子只吃一片半的剂量就可以安然入睡。

久子在睡梦之中反复醒来，在天明时分她梦到了绮香。

以高中三年级的年轻生命自绝于世的绮香，曾比她的父亲四郎更加激烈地反对《读书法》，她在法律实施前夕，荒废学业为反对运动四处奔走。绮香说自己没有成为作家的天赋，所以想要成为守护书籍的人。她在四郎的"魔窟"里哭泣，诉说着世间不止有那些闻名于世的主流之作。如此想来，对于绮香而言，这个世界反而过分粗野暴戾了。

在梦中，久子成了与绮香年龄相仿的同学，她们在难得一见的宽敞校园中、在一间间教室里迷惘地行走着。

久子祈祷所有电车和巴士能准时。

在昔日里，乡下当地的交通线路时常被众人诟病，被形容成了"刮风就延误、下午就不来"。在二十一世纪中期后，果然得到了很大改善。即便如此，久子也曾被各种意想不到的原因所耽搁。洪水啦、鼬鼠触电影响了轨道啦、发现未爆炸的子弹啦等等。

今天也是多云天气。幸运的是能免于阳光直射，但湿热的暑气却比前日更甚。久子所乘的电车，经过了双亲曾居住的老人之家，经过了墓地和寺院，北上继续行驶。久子虽然也考虑过交替乘坐快车和慢车，上网查询后才发现无法顺利换乘，因此只好老老实实地乘上了各站停靠的慢车。久子还随身带了乘车时阅读的书籍——还有大约三年左右寿命的新书——她完全无法集中精力阅读，木然地回忆着双亲生前之事。看护父母时自己是真的做得好吗？是否还能做得更好？回答父母的问话时如果更机敏灵活些是否更好？允准病重的父母外出是好是坏？父亲和母亲或许更爱的是妹妹吧？给父母用的毛巾的花色他们还喜欢吗？骨灰盒选了那样的颜色可以吗？

　　将近中午时分，久子换乘了单线电车，车辆用愈加缓慢的速度在并不陡峭的缓坡山地上行驶着。

　　距离下一班巴士的到来，还需要等待一个多钟头。久子总算在网上提前查找到了附近一家可供歇脚的小店，那是一家很难说清楚是食堂还是咖啡馆的小店，久子在店里点了一盘意大利面，面条呈现出了一种如今少见的番茄酱颜色。久子看到端上来的面条，便不假思索地减少了餐前胰岛素的注射量。果然是难以下咽的餐食，即便对食物毫不挑剔的久子也只能勉强吃下一半。

　　其实并不能责怪饭菜味道不好，没有食欲是久子精神高度紧张造成的。久子自认较之前精神变得强大了许多，但与此相对的是，她的视觉、听觉和胃肠都会偶尔不适，也开始逐渐出现了眩晕等身体症状。总体上而言，久子完全没有变得强壮。

　　下了巴士以后，就只能步行了。地震灾害过后，久子就刻意锻炼自己多走路，习惯穿着至少能步行十公里的鞋子，饶是如此在没有铺路的乡村小路上步行仍然十分艰辛。

　　久子并不清楚，自己心怀这样的愿望持续前进，到底有何意义。毕竟这只是网上无法查询到的、在极少数人群之中默默散播的传闻而已。

　　就在久子因疑惑这条路是否正确而开始陷入不安的时候，前方出现了一个小村落。这条路没错。网上查询到的卫星照片也能够确认这个小村落的具体位置。古老的宅院之中，搭建起了交错混杂的钢筋铁骨，想必是地震之后加固的吧。村中杳无人烟，久子便架起单反相机拍摄起了树木的枝条。她拍摄不到高处的照片。今早起床时久子便察觉到左肩比平日更为剧痛。想来"四十肩"的病症，在数日前就转化成了"五十肩⑯"。

久子在仿佛随时会有怪兽出没的乡间小路上继续前进，不久便看到了一户人家，在复杂的褚黄色预制板拼接而成的墙面上，悬挂着刻有"木制家具"几个字的简单过头的招牌。仿佛为了遮盖钢筋的痕迹，门板上特地糊了纸条，已有了日晒痕迹的纸条上写着："本工坊没有商品出售，购买请至以下店铺。"纸条下方记载着临市的某家商店的具体地址，以及一个长长的 URL 网址。

久子喝了一口宝特瓶里的水，用手赶走眼前乱舞的飞虫，定了定神。她嗅到了清漆的味道。从宅子的深处，传来了金属器具刮擦木头的声响。

久子鼓起勇气，敲了敲门。从门口破旧的纸条可以判断，可能不会有人前来应门。

她稍等了片刻，再次敲了门。

门内做木工活计的声音停下了。

留着鬓角、头发大半已经变白的男性打开了门。

他的气质如同纯粹的文学青年，或者是受过美国式教育的商界精英，这是一位正处于青年向中年过渡时期的男性。他年轻的脸庞上却镌刻着深深的皱纹。他的身材修长、手脚修长，是看上去老成持重的青年。

久子略有些不知所措地瞄了眼他，不知如何搭话。久子担心对方会直接回绝工坊不接订单之类的。然而，青年——姑且这样称呼

---

⑯ 指因肩周炎引起的胳膊剧痛，无法上抬。此病多发作于四十岁至五十岁之间，因而在日语中被称为"四十肩"和"五十肩"。

他吧——微笑着温柔地低头注视久子，安静地等待久子主动搭话。久子惶恐地打了招呼，说出了自己的笔名，随后，青年的眼尾处聚集起了许多皱纹，他会意地笑了。

"哦，当然听闻过您。虽说为时已晚，还是要恭喜您获奖。您的著作不仅被列入'暂定保存书籍候补暂定措施'，听说眼下正在讨论跻身'暂定保存文书'的行列。"

久子的心因充满期待而加速跳动着。对方不仅久仰她的大名，甚至关于几年前的她的获奖作品，都如同做了周到准备的记者一样流利地侃侃而谈。

"感谢您！真的……谢谢……但是，我呢……"

"我读过您的一个短篇小说，"青年仿佛故意一般，温柔地堵住了久子后面的话，"是选集中的一篇。""哪篇呢？！……啊，谢谢！究竟是哪个短篇小说呢？不不，作为我来说，无论哪一篇都是花了力气去写作的，我都很喜欢，可是……"

久子在写作时从不偷懒。自认没有写过一篇糊弄的坏作品。但是，怎么说呢，久子却寻找不到属于自己的作品风格。

"我也在很努力地创作长篇小说的。虽然我知道只有那部小说才是最受好评的……但对我来说……哪个作品最好自己也很难说清……所以我带来了这个，想求您阅读。所以恳请您……"

在久子还在手提包中翻找之际，青年阻止了久子。

"不，请等一下。或许您对我有所误解。我这个人嘛，不知道自己记忆力的极限在哪里呢，有可能读到的下一册书就会使脑容量变满，也有可能明天摔破了头就什么都忘了。不，最可能的是明早醒来后大脑就开始迅速老化，我会逐渐忘记一切。对谁都无法保证什么呀。……你看，我的头脑，就是现在这样的状况。"

青年用左手指了指自己剃得短短的头，他的脑部正在萎缩。

"虽然我还不满四十岁，就已经这副样子了。老化得很快。加上父母双方都有认知症[17]　的家族病史……我注定也是那样的结局。姑且不说这个，即便我拥有无限的记忆力，能在我活着的时间里记下所读过的全部书籍，我头脑中存留下来的知识也只在我活着的时间里存在，我死后一切将化为乌有。不管怎样都无法避免啊……"

青年又一次温柔地制止了久子开口。然后，用略微严格的语气说道。

"即便记忆是无限的，我的读书时间也是有限的。我不得不有选择地去读书。我读过你的一个短篇小说，也还记着它。但在此之上，你无论拿出什么样的书，我也不打算读了。"

久子感到自己全身的血气正在翻滚着上涌。

那之后久子如何返回老宅的，完全记不得了。

请允许我在此反对一位远比我知名的日本畅销作家，且我采用了这样处处反驳的否定论调。我支持电子书籍的出版和发行。我当然明白电子书籍的各种坏处，比如销路不好、被复制的风险极高。作为个人的好恶，我当然也喜欢纸张的书籍，我也并非主张完全销毁纸张书籍、将所有书籍全部电子化。电子书籍出版更加容易，即便是无厘头的拙劣作品也能够轻易得以出版，在电子书籍的海洋中，好书有很大可能性会被埋没。……这样说来，当今世界实际上早已如此了不是吗？这是连我都明白的实情。这点连我都明白。

---

[17]　即认知障碍症，阿尔茨海默症。

时至今日，越是读书家里便越是难以购买新书。这是因为家中藏书早已满溢出来。书籍储存已经成了很大的问题。放在我试图反驳的 A 作家，他提出日本有文库本这样出色的出版形式，书籍的收藏显然不能算是大问题。果真如此吗？实际上，仍有很多书籍并非文库本，即便所有书籍都印刷成了文库本尺寸，对于一般家庭而言，早晚也会迎来收藏书籍的极限。

久子想，畅销作家一定是有钱人吧，那么他想必一定居住在配有宽敞藏书库的豪宅之中。然而，如同我这般收入微薄的普通作家和一般百姓，却只能住在两居室的集体住宅区中。大家的藏书都已经到了极限。越是爱书，便越是难于购买新书。这就是现实。但是畅销作家只会奢谈自己的权利、电子书籍所占的收益比率。他们身处宽敞的豪宅，却奉劝穷人既然居住空间狭窄就别再买书，这是何等可笑，诸位明白了吧！

我本来并不是文学专业出身，而是学习历史学的人。较之作家的权利之类的可有可无的事情，我更关注历史进程的未来走向。目前的现实是，寻常百姓的狭小住宅中存放了娱乐性的数以千万册的书籍乃是常态，这是人类史上从未有过的情况。甚至可以称之为人类的新灾难。由于没有前例，更无可供参考的解决方案。

B 作家曾评论道，日本国内书籍正在滞销，他发现自己曾经畅销无比的作品变得无人问津，大部分人转而热衷沉浸在网络和游戏之中，因此娱乐的整体质量下降了。关于这一点我无法苟同，我想毋宁说这才是"普通"的。我认为小说本身是作为娱乐而出售的，只要写出小说就能卖钱，这难道不是在人类历史上很短的时期之内才出现的、极为例外之事吗？人类的识字率提高之后，能够阅读小说的人数显著增加。作为娱乐、作为商品的小说，媒体发达后其他的信息形式变为娱乐的主流，在这二者过渡期间，十分短暂的时期之内，小说才能够作为商品获取利润。

"靠写作生活"而不是别的什么，听起来很率性自由，真相果然如此吗？近年来，有许多作家不仅从事纯文学创作，同时还兼职写娱乐小说，我认为这不是正确的人生选择。虽然我也曾想如此尝试……我想找份可以糊口的稳定工作。这样说虽然略有不妥，但直率地讲，我并非由于自己作家的收入无法维持生计所以才选择嫁人的，但我也并未真正从事过什么正经工作。老实说，我只是身负主妇之名的寄生虫而已。这是我最大的耻辱。我时常期盼如果自己拥有健康的身体……这样找着借口，自己就沦为了网络上诟病的那种不能成为劳动力的主妇了。如果有人指责我这种个人毫无发言权……又如何呢？或许我就只能沉默着承认了吧。

作家、小说、书籍，这些事物究竟面临着怎样的未来……我也无从得知。已经有了适量的古典，已经有了适量的旧书，已经有了适量出版的新书，人们寻找适量的书买回家中摆放在书架上……过去的时代的确已经一去不复返了。迄今为止从未有过的全新时代即将来临，不，现在我们已经进入了前所未有的时代。不是因为小说的滞销、不是因为读者的质量下降、不是因为文化本身的退化，现在的问题，是身处高位的作家、评论家和学者所不能解决的。假使我可以提议什么的话，那么就首先从直面这一切开始吧，除此之外别无他法……

我是在什么时候做出这样的发言呢？地点在哪里？巴黎？东京？博洛尼亚？圣彼得堡？……不，绝不是那么久远的过去。那是在《读书法》还尚未成形、大家都悠闲生活的时候——如今回想起来，的确可以称之为悠闲——在所有人都在热议电子书籍的是与非的时候。实际上，久子还有更多没有表达出来的话语。她在那场被称之为"国际会议"上的发言，在几乎没有任何媒体前来采访的小规模研讨会上应邀作出的简短演讲，全部听众恐怕只有在场的数十人。如今留下的记录，只是与会的数位知名作家的名单而已。现场年轻编辑们的洞察、拷问人心的质询，果然什么都没有剩下。

为什么绮香死了，我却活着呢？绮香是所谓的"精神病人"，我是不合格的"精神病人"。无法抛下自己深爱的丈夫？无法舍弃仅有的少数读者？是绮香太过感性了吗？不，中年人的残旧之躯和所剩无几的时间，充其量不过如此。

即使借助安眠药的力量，睡眠仍被切割得粉碎，终于在黎明尚未来临之际，睡眠犹如最后一滴水珠般蒸发殆尽。一缕光线唤醒了久子，那是她睡前忘记拉上的西侧窗帘。她戴上眼镜，于是月光从云层的缝隙之间洒落下来。

是满月。也或许略有缺损。久子突然想起了什么，连接上电脑的充电器，开始上网检索。

没错，就是那里。一个小时后，那里的涨潮就会变成退潮。

所有的决断就在一瞬之间。

久子为了不招致怀疑，拿着平时的手提包，向东开始步行。出门前虽有瞬间犹豫，久子还是将单反相机挂在了脖子上。最后的最后，将不再有被人怀疑、遭到警察问询的机会了。

仅仅步行四五公里，并不是什么特别痛苦的事情，但以久子目前的体力，每日坚持外出果然有些辛苦（久子不知道这算不算羞耻之事）。错过今天，机会可能就再也不会来临了。或许在远处的海上诞生了台风的缘故，此时刮起了东风。天气意外的凉爽，显然昼夜温差很大。所有的条件都准备齐全了。

夜色渐渐淡去，天边闪现着黎明的微光。天空一旦开始放明，便加速地绽放着光亮。今天也是多云天气。久子已经步行超过三十分钟。敏感的人此时或许已经能够感觉到海潮的气息，但不知何故，久子唯独对大海的气味十分钝感。她只感觉到了清晨的气息。

前方的海滨之上，有一条称不上是河川的沟渠，在涨潮时便与大海连通，形成了一个并不似河沟的破旧深渠。大型海水浴场集中在南侧海滨上，此处北侧海滨只有岩石和防浪堤，甚至没有像样的停车场，就连冲浪的人也不来这里。沟渠的延长线比远处浅浅的沙滩深了许多。久子曾听说，只要具备一定的条件，这里的地形就会产生一种被称之为离岸流⑱ 的危险的海底暗流。来给老家的屋檐刷漆的年轻老板，曾是职业滑板选手，久子就是从他那里听说的。久子在高中时参加过地理课外兴趣小组，除了观测宇宙，她也通晓一些地理常识。

人类为何想要书写故事？如果想要传递信息，只需表达见解即可；如果有想要传达的思想，只需直接道出即可，没必要征询他人的评价。既然如此，为何还要付出毁灭自身的代价，创作出淹没了这个星球的海量故事？

这个谜团，或许无法用人类的意识来阐述。人类最初具备了意识以后，便一边仰望星空一边创作故事，写作或许是人类这种生物的本能需求。他们无意识地在某种感召之下书写，并通过阅读行为

---

⑱ 又称冲击流、回卷流，是一股射束似的狭窄而强劲的水流，它以垂直或接近垂直于海岸的方向向外海流去。这束水流虽然不长，但速度很快。

将其归还给意识本身。或许人类以外的某种力量的遥远呼声，在促使他们不断地进行写作。

抵达海岸之时，四周已变得格外光亮。多云天气下，看不清初升的太阳在何处。大抵就在那个方向吧。久子将手提包放在岩石和防浪堤之间，脱下了鞋袜。稍作考虑后，她将单反相机的挂绳调短后拿在手中。既不下雨又不放晴的天气虽然毫不吸引人，却有几个很值得拍摄的角度。久子想要尝试着拍下几个写实的照片，但她的摄影技术实在欠佳。海水冰冷彻骨。久子用脚蹚着海水，走在沟渠的延长线上。

海水浸过久子膝盖后，她的脚后跟立即被一股暗流绊住了。再向前进一步的话，吸收了海水而变得沉甸甸的牛仔裤就会套牢身体，保持直立的姿势几乎都不可能了吧。正在那时，一道曙光映入了久子的眼帘。那是让久子感觉妖艳异常的刺目光华，正在穿透云层。就在久子踌躇之间，潮水渐渐退去。她下定决心，朝向大海深处迈出了最后一步。海水如果超过腰部以上，就会被落潮的离岸流捕捉到，普通人将无法生还，久子记得油漆店年轻老板曾这样说过。正是那股力量，将久子推向大海深处。

网上流传着无数的都市传说。不，那已经不再是都市传说了，而应该被称之为网络传说了吧。匿名的、不负责任的流言络绎不绝，被复制被转载，在传播过程中被不断改写，或许这种网络传说最初有一个始作俑者，但最终成了不被人和人的意图所左右的故事。

据说在大海上的某处，在遥远的洋流深处，有一个由书汇聚起来的岛屿。那里都是些被丢弃的书、为逃脱被销毁命运而不得不扔进海里的书，书籍聚合在一起形成了一个岛屿，如果能够抵达那里，你就能够得到你想要的一切书籍。南美周边似乎是这个传说的发祥地，流传至今已经无人在意起源了。

　　岛上一定生长着接骨木，那里有不算大也绝不小的书店。如同久子去亲戚家是乘坐的单线铁路的终点站、中学旁边箱子里的小书店。同学的母亲经营了一家药店，并在药店深处私自开设了小图书室，那里的藏书与学校图书室的风格完全不同，久子能借到星新一和筒井康隆的文库本。即便是学校给成年人专用的藏书中，也能发现意想不到的有趣书籍。

　　一波强烈的海浪，绊住了久子的脚后跟，在那瞬间久子卷起了T恤衫，将伪装的胰岛素泵拿到手中，她打开薄薄的强化塑料的盒子，取出了藏在里面的一册书。"是我的书。是我当作自己的遗作来全心全意写下的书。"这本书刚出版的时候，全国各大报纸的书评栏纷纷刊载了书讯，久子也接受了大批的记者采访，这本书甚至还登上了某类型图书的年度排行榜。这本书也不过是沧海一粟，还记得这本书的读者还剩几人呢？出版社早已不再保存这本书的电子数据了，自己手头的书籍和电子文档也被特别部队剥夺抹杀。时至今日，贴身保管的这本书，会不断遭到警察的质询，暴露只是时间的问题。四郎他们的硬盘呢？不，他们早已按顺序从最具价值的孤本开始切割裁断了所有书籍。对未来心怀期待是无用的，但他们并无罪过。

　　在木制家具工坊的青年的面前，拿出自己的书并让对方尽兴阅读，恐怕是永远实现不了的愿望了。不，即便《读书法》这类事物不曾存在，在并不遥远的未来，书籍终究也无法逃脱化为纸屑彻底消失的命运。

　　久子的体温正在流失。她的体力已经到了极限。

　　她缓缓翻阅着自己的书，轻轻抚摸着它，最后把书放入了大海之中。

久子的眼睛湿润了。最开始,她想着书会一直打着转留在原地,但终于书一点点地偏离了久子的膝盖。最终,那本书如同落在河水中的帽子一样,朝向大海深处漂走了。这就是离岸流的力量。书在瞬间被冲走了,在太阳完全升起的地方,彻底消失在视野之中。

在生长着接骨木的岛屿上,那里一定有位夹着单片眼镜的高傲的侦探,没错,他会捡起久子的书来认真阅读。

回到沙滩的久子,把单反相机摘下后放到手提包的旁边,将冷却的身体平躺在沙滩上。不知道过了多久。不知道何时,太阳已高高升起,残留的暑热温暖着久子。薄薄的云彩,依然遮蔽着太阳的行踪。

久子终于站起身来。那不是毅然决然的起身,而是毫无办法、疲惫不堪的站立方式。久子拍落湿漉漉的牛仔裤上的海砂,挣扎着穿上袜子,最后套上鞋底已被磨平的老阿姨式的步行鞋。

因为还有自己想要继续写下的东西。

量身定"写"之书

文／福田和代　译／刘金举

"此处有为您量身定写的书！"

正蹒跚行走在站台上的我，遇到突袭而来的疾风。那风大得惊人，似乎要把我整个都吹起来。我屏住呼吸，把眼睛闭了起来。我戴的是隐形眼镜，如果灰尘吹进了眼眶，就会非常难受。春天的狂风，真是不顾人的死活啊！领带也飞了起来，贴在了我的额头上，遮住了我的视线。在这连呼吸都困难的风中，我有些手忙脚乱，只好跑到附近店铺的屋檐下，重新整理好领带，用手梳理好蓬乱的头发，这才从狼狈不堪的感觉中恢复过来，抬起了头。就是在这个时候！

一条细长的诗笺——悬挂在屋檐下、被风吹得吧嗒吧嗒直响——跃入我的眼帘！由于风吹雨淋，上面用毛笔和黑墨书写的文字颜色已经变得很浅了。虽然字体不怎么好看，但是写得很工整。

"为我量身定写的书？"

我条件反射似的皱起了眉头。说到底，恐怕又是宣传心灵鸡汤的书！

这条路，是我每天上下班的必经之路，但是我却对这家书店没有一点印象。我透过镶嵌在木框拉扇门上的玻璃，望了望店里的情形。清洁工作做得不好，玻璃有点泛白，看不清店里的样子，但是仍然可以看到摆在书架上的书脊，以及堆得像座小山一样的书。这肯定是一家有相当年份的旧书店了。

如果是旧书店，所谓的"为我量身定写的书"就肯定不是心灵鸡汤，有可能是文艺或者哲学类的书籍了。开始工作以来，我只阅读过一本教导人如何做好工作的指南性的书，除此之外，这么长时间了，我甚至连一本小说都没有读过。

如果有一本书，其中的一句话，就像定海神针一样，沉淀在心灵的某个角落，经过十年、二十年时光的锤炼，突然有一天，成为指引你前进道路的路标，那该多好啊！我的手，已经好久都没有拿过这样的书了。

不知不觉中，我的手已经搭到了拉扇门上。但是，门重得出奇，即使用尽全身力气，也还是打不开。但是不知道为什么，我的心情非常奇怪，有一个强烈的冲动：一定要在这里买本书！就是今天，我一定要做一件平时不做的事情，之前失去的机会，或者忘记的时间，今天一定要补回来。尽管我的冲动是如此强烈，但是这扇门也太难开了，似乎在拒人于千里之外，而且连招牌都没有！

我说得有点绝对了，这家店还是有一个类似于招牌的东西，那就是我刚才看到的、写在诗笺纸上的"此处有为您量身定写的书！"

量身定写的书，是什么意思呢？仔细品味的话，还真是一句值得玩味的宣传短语呢。例如，存在着根据年龄的变化而需要阅读的书吧，还有，根据职业、性别和环境的不同，需要阅读的内容也应该有所不同吧。或者说，在黄金周连休、消磨时间的时候，所需要的应该是娱乐类的书吧。

为某人量身定写的书，并不是那么轻易地就能找到的吧。将这样的宣传语句挂在店子的屋檐下，这样的店主，绝对是一个过度自信的家伙。如果他递给我的并不是我所需要的书，我一定要嘲笑他："你看，这是我要看的书吗？"在内心中，我已经勾描了这样的场景，甚至说充满了期待。

由于好不容易才打开店门，所以进入店内、深深吸了一口气之后，我才感受到那熟悉的气息。这是旧书独有的香气，是被装订在一起的纸张，经过漫长岁月的洗礼才形成的独特气息。我从身边的书架上，抽出一本硬壳的书，贪婪地吸了一口。那是书的原主人所吸的卷烟、装订书籍时所用的糨糊，二者浑然融为一体之后所形成的独特气味。也许是由于年代久远了吧，书架上的书，封皮上的字几乎都消失了，甚至连书名也看不出来了。

"你找什么书啊？"

我大吃一惊，因为这个说话人，是不知不觉中来到我的脚边的。"哇"地大叫一声的我，差点把这个老婆婆一脚踢飞。

"镇定，镇定，年轻人！"

老人一边摇着头，一边睁大眼睛，从我的腰部的位置，抬头望着我。她头发灰白，剪成了短发，眼睛圆圆的，就像鲛鲽的眼。她身材矮小，而且腰弯得很厉害，那角度简直就像直角三角尺。所以，无论她再怎么用力伸直，她的脸，最多也只能探到我的腰的位置。

"这本书不适合你，你已经读过了。"

老婆婆劈手夺过那本书，这粗鲁的动作让我大吃一惊。等我缓过神来，发现那本书早就不知道飞到哪个书架上了。由于我想知道那本书的书名，所以心中感到一丝不快。不过，既然她断定我已经读过这本书了，在心中我也产生了已经读过的感觉。

"那为我量身定写的，又是什么书呢？"

老婆婆背着双手，紧闭着几乎被堆起来的皱纹埋起来的嘴，直勾勾地盯着我。单从相貌、体态来看，说她已经两百岁了也绝不为过。她上身穿着毛衣，下身穿着裙子。那毛衣上满是毛线小球，好像明治时期打的；那裙子，好像是用毛巾卷成的，厚厚的。

"你想找为你量身定写的书？"

没等到我告诉她，我是在外面的诗笺纸上看到这句话的，老婆婆已经轻快地转过身，背朝着我，脚拖着地，迈步走向店铺深处。她沉稳的脚步与她的年龄很不相符。房子虽然入口看起来很窄，但其实纵深很长。跟着老人向里面走的时候，我的眼睛也扫视了一遍书架上的书，粗粗估算，这家店里起码堆放着几千册书。但不可思议的是，对这些书，在我的脑海中竟然完全没有任何印象，哪怕一本也好！由于太缺乏现实感，我都开始怀疑这究竟是不是一场梦了！我用指甲掐了一下自己：疼，不是梦！

"对了，年轻人，你要电子书，还是纸质书？"

店子的最里面，摆放着收银台和柜台，很明显，都是老古董了，颜色变得像麦芽糖一样。老婆婆站在收银台前，睁着圆圆的眼睛，回头望着我。

这里还有电子书？

"我有电子书阅读器。不过，怎么说好呢，我还是喜欢纸质的书。"

老婆婆眨巴着眼睛，上下打量着我，然后用扁平的鼻子哼了一声，就将手探到柜台下面，好像在找寻着什么。

"你还是买电子书好。因为还没有定型。"

我非常讨厌那些不按照顾客的要求提供服务的店子，但是今天，对于这个老顽固，我却产生了兴趣，对于自己的这个变化，甚至我自己都觉得有点稀奇起来了。她从柜台下摸出来的，是一个小型的终端设备，还是液晶面板的。我还在担心，这么老的婆婆，是不是真的会使用呢。结果令人惊讶，她熟练地开始了操作，细细的、干枯的指尖在屏幕面板上灵活地跳跃着。

"把你的终端拿出来。"

按照老婆婆的吩咐，我拿出了我的电子阅读器。她触摸了一下自己手中的终端设备，我手中的阅读器画面变亮了，两个终端开始了同步。转瞬之间，阅读器的"书架"上多了一本书，书名是《你的书》。

我又被雷倒了，毫无防备地。我又没有说不拘价格，肯定购买，这个老婆婆就这么给我下载了。我想抱怨两句，但是老婆婆已经快手快脚地把平板终端设备放回了原来的位置，抬头望着我。

"记住啊，今天为你大出血，特别优惠。看完之后，如果你觉得这不是为你量身定写的，你可以要求改写，但是只限三次。方法很简单，只要你对着阅读器，大喊一声'重置'就可以了。这样，你就可以读三次，肯定是为你而写的。"

告诉我这些后，她硕大的屁股一下子就坐在了柜台旁边的一张圆圆的椅子上。就在靠到椅子背的那一瞬间，就好像关上了开关的电器一样，她马上就进入了打盹的状态，鼾声雷动。对着阅读器大喊一声？上面又没有输入话筒，怎么可能呢？开玩笑！

"喂，我还没有问价钱呢。怎么付钱给你？"

无论怎么叫，老婆婆都还在沉睡。没有办法，我只好环顾了四周一下，发现了一张用铅笔写的便条，上面写着"不拘多少，心意即可"，与刚才我在诗笺上看到的字迹一样。

那不是与在寺庙里捐香火钱一样？一边这么想着，我打开了钱包。说实话，当时我不由得抚摸了一下自己的胸口，给自己压了一下惊。边角已经磨损的折叠钱包内，只有几张一千日元的纸币，还有一些硬币，真的是可怜兮兮的。而且，现在的我，已经被公司上司明确告知，明天不用来上班了。

是的！

我叫小邑良太，二十五岁，单身，有一个女朋友。直到今天下午五点为止，我还是某健康器械厂家的推销业务员。临下班前，上司把我叫住，恶狠狠地骂我，说我不但没有达到公司规定的业绩目标，甚至连一半的任务量都没有完成。最后，他又加上一句，如果你没有斗志的话，明天就不要来上班了。

这种情况下，我只能出一杯咖啡的价钱了。

一边这么想着，我从钱包中数出几枚硬币，放到收款台上面的垫纸上。为我量身定写的书，只值几百日元，想到这里，我心中不由得产生了类似于自虐的成分。但是这是很现实的问题，银行账户里的资产少得可怜，而且这个月的工资能否入账也是未知数。对于今天的我来说，几百日元已经是一笔不小的开支了。

我从熟睡的老婆婆身边走开，离开了旧书店。进来时那么难开的拉扇门，出去时却那么轻而易举地就打开了。这家店距离最近的地铁站不远，与平常一样，我拿出月票上了电车。我所乘坐的这条地铁线叫"山手线"①，总是那么拥挤不堪。我用手拉住车上的皮吊环，站稳身子，然后打开了电子书阅读器的开关。刚刚下载的《你的书》，就排列在目录的第一位。我打开了这本书。

---

① 日本东京都内的轨道交通的大动脉，运行区间仅仅二十点六公里，但以 2016 年为例，每天乘车人数达到一百一十一万一千二百四十三人，非常拥挤。

我拿起客人要买的货，放到二维码阅读器下扫描，阅读器"嘀"的一声确认了已经扫描成功，"收款"页面上跳出了货品名字和金额，自动添加到了"货品总额"里面。

"一千二百七十二日元。"

一个中年男顾客，胖得赘肉都从腰带上坠下来了，用手指从钱包里一枚枚地拿出硬币数着。我知道他想用零钱凑齐货款，这样就不用我来找零了。但是他那胖得像一根根萝卜似的手指实在是太笨拙了。他的后面，已经有四个人在排队等待交款了。

"请收钱！"

我大声呼叫另外一个当班的男店员！他叫伦纪。但是不管我怎么叫，他都充耳不闻，继续做着盘点之类的杂务。即使有客人责怪地望过去，他也照样视而不见。

他是便利店老板的独生子，在专门辅导入学考试的学校中补习，每星期来店里打两次工。由于店老板的溺爱，这个孩子从来不做自己不中意的事情，工作态度也是敷衍了事。自从他来打工之后，我已经受够了他。他不擅长收钱，一旦遇到代收服务行业费用、代售票等非常规的业务，他就无法应付了，只能脸红脖子粗地叫其他店员来帮忙。由于他不善接待客人，他所承担的这部分工作，实际上只能是转给我来完成。

我急得手心都冒汗了，只能不耐烦地用便利店的制服擦干。排在后面的客人，受不了这个男顾客的磨蹭，已经显得有点不耐烦了。

"多谢！期待您下次光顾！"

好不容易才收好这个客人的钱，我只是机械般地重复着这句套话，连目送客人离开的程序都没有时间履行。我的手，已经飞快地取过下一位客人要买的东西，开始扫描了。

时薪九百五十日元，除了周二和周五，每周工作五天，上午八点开始，一直工作到下午五点，这就是我现在的生活。如果值晚上十点到早晨八点班的同事突然有事请假，我还要顶班，而这种事情经常发生。虽然这种情况下，时薪涨为一千零八十日元，但是由于第二天不能调休，还要继续值自己应该上的班。这种情况下，由于完全没有睡眠地连轴转，简直会累死人。尽管这么拼命干，累的手脚都发软，但是到手的月工资也仅仅只有十四五万日元[②]。在公司任推销业务员时，虽然由于几乎月月都无法完成营业任务，工资收入都不怎么好，但是至少也比现在高五万日元以上。现在，交了一居室公寓的租金、水电和采暖费后就所剩无几，剩下的全都花在生活费上了。稍一大手大脚，就会连社保和健康保险金都缴不起了。还有，去年应该缴纳的居民税，因为没有钱，直到现在我还拖着没缴。

这就是我今天的境况，无比窘迫。

我只能自我安慰，现在的打工生活就是骑驴找马，只是过渡性质的。就靠着这种自我麻痹，我才能坚持着这份工作。

自从那天上司骂我说你明天不用来上班了，第二天我就真的不去公司了，原因就是对方说你不用来了。虽然此后上司多次打电话给我，但是想到他骂我时凶神恶煞般的神情，我就无论如何都提不起劲去接他的电话，最后果断地挂了他的电话。当然，虽然上司不可能把自己所骂的"明天你不用来上班了"这句话吞回去，不过如果你真的想跟我联系，你可以来我家里说啊。但是，没有任何上司、公司前辈或者同僚来家里找过我。

[②] 日本厚生劳动省于 2016 年 11 月 17 日发布的调查结果表明，大学生第一个月的基本工资，平均金额为二十万三千四百日元。

　　此后的两天，我要么去玩"爬金库"③，要么就在家里看漫画书，浑浑噩噩地过了两天之后，我把学生时代的朋友和女朋友叫到小酒店，大家一起喝啤酒。大家听我介绍了上司说你明天不用来上班了、我就这么辞职了之后，都为我感到高兴。一周之后，我觉得应该去职业介绍所找工作、领取失业救济金了，但是到了那里一问，原来需要原公司出具"离职证明"。虽然我领取了需要填写的公函用纸，但是一想到要返回原公司去见那令人讨厌的上司，我就不由得一阵恶心，就没有回去，自然也就无法领取失业救济金了。没有办法，我只好自救，就是去自谋职业了。而且法律规定，公司职员如果由于个人原因辞职，那么三个月内不能领取救济金。既然如此，那我在这三个月内找到工作就好了。

　　但是，找工作怎么这么难！正值前所未有的经济不景气，虽然我才二十五岁，与刚刚毕业的大学生相差无几，但是还是找不到称心如意的工作。虽然我才仅仅工作了三年，但是这段经验，已经足够让我认识到推销的残酷，所以这次，我想从事产品的企划、开发或者总务方面的工作。

　　银行账户里的存款眼见着一天天在减少，囊中羞涩的我，正好见到附近便利店招收钟点工的广告，不得不前来应聘了。每天被这完全不熟悉的工作耗尽了气力的我，回到住处后，根本没有精力再上网找工作了。时间就这么一天天过去了，直到有一天我突然发现，离职之后，竟然已经过去半年了。早知如此，还不如当时向公司低头，让他们为我出具"离职证明"呢。

---

③ 日本流行的弹珠赌博机，通过击打弹珠进入小槽内驱动机器运转，赢钱的机制与老虎机相同。

万万不能！

再怎么找不到工作，也不能这样丢自己的自尊啊！

看看时钟，还有三分钟就五点了，马上可以交班了，今天的工作总算快结束了！今天我想与夏海联系一下，我们已经交往了将近两年了，但是由于双方工作忙，很难有机会见面。她担任系统工程师，一旦交货期要求得紧，就要紧赶慢赶。虽然我觉得这种工作还是辞了的好，但是夏海很认真，一直在坚持。

交班之后，我走到后面的杂物间。那里堆满了盛放货物的箱子，我们的储衣柜就隐藏在这些箱子中间。我换上自己的衣服，将工作服塞到背包里，准备带回去洗。伦纪应该是与我一起下班的，但是我处理完业务的时候，已经看不到他了。

"小邑，你过来一下。"

杂物间的一角，是隔离出来的办公室。店主村濑从里面探出头来，向我招手。我进去的时候，伦纪从办公室里的阴暗处冲出来，急匆匆地离开了。他还是老样子，一脸大家都欠他的表情，见到人时连一个招呼都不打。每当见到他这个样子，我都极力忍住想一拳打飞他的冲动。

"什么事？"

你又不给加班费，还是长话短说吧，所以我夸张地看了一眼时钟。看到我这个动作，村濑很不高兴，连小胡子都气得在发抖了。

"小邑，你来到我们店里工作已经三个月了，已经适应了这份工作吧？"

当然已经适应了啊。即使是企业的试用和培训期，无非也就是三个月而已啊。只需要三个月，所有的工种，基本上人人都能做得很好。

"是啊，适应了。"

"那就好。有一件事想问你一下。希望你不要发火，耐心听。"

村濑指着办公桌上的电脑显示器屏幕给我看。那是计算机的"表计算"功能表格，根据表中所输入的商品名，我觉得那应该是"库存管理表"。

"非常遗憾，最近发生了放在杂物间里的货物失窃事件。你有没有看到，或者听到什么异常？"

我觉得有点困惑。这是因为，只有店主和工作人员才能进入杂物间，如果这里的货物不见了，那肯定是内部人干的。

"没有，我什么都没有注意到啊。"

这么回答时，我的脑海中立刻浮现出伦纪的脸，可能是他干的。最近，有些便利店开始在杂物间安装监控录像了，但是这家便利店，出于尊重员工的隐私，没有安装。

"老实说，这次的事情，我不打算追究。我想保护我的员工。"

"啊？"

"你真没有察觉到什么异常吗？"

村濑脸上，浮现出重重的疑心。

"货物失窃，也就是这三个月的事情。你真的没有察觉到什么异常吗？"

"原来你是在怀疑我啊？！"

血一下子冲上我的头脑！这个家伙！刚才还在想，为什么他采用那么郑重的方式问我，原来是在怀疑我啊！

"三个月前入职的，不是还有伦纪吗？"

"我刚才已经先问伦纪了啊！"

村濑皱起了眉头，用力摆了摆手，好像在驱赶苍蝇一样。

"他向我发誓，绝对不是他。所以我才问你的。"

我也没有认为是伦纪在撒谎。但肯定是爱子心切的村濑，就这么听信了伦纪的话，立马开始怀疑我了。

"我也不知道！既然你这么怀疑人，干脆在杂物间安装监视录像好了。自己说不安装监视录像，还这么疑神疑鬼，真的让人非常失望。你这是伪善，知道吗？"

我实在是太生气了，忍不住顶了回去。村濑脸上的皱纹显得更深了，他摊开双手，做出一副"请你平静"的样子。

"明白了，小邑。就是说你真的没有察觉什么异常！"

"当然没有！"

"但是伦纪说他看到你偷东西了！"

这次轮到我的脸色煞白了！当然我没有偷东西。但是，我现在明白了，没有监视录像，也就意味着，如果有人想陷害我的话，我连证明自己无辜的方法都没有。联想到我之前因为很多事情叫住伦纪、批评他的事，我敢肯定他是因为这些而记恨我，在陷害我了！刚开始的时候，虽然他的态度就不招人喜欢，但是后来，他居然连正眼都不看我了。从我的角度来讲，我只不过做了理所应当的事情啊，连结账都不会的便利店钟点工，还不如不要呢。

"我没有偷！"

"那你就是说，我的儿子撒谎了！"

难道你一开始不就是想说是我偷的吗？你根本不会听我的解释的。难道你不是希望，我痛哭流涕地坦白我是小偷，就像伦纪诬陷的那样，然后恳求你不要辞掉我？如果我不这么哭求你，你肯定不会答应的，是吗？

你不是在开玩笑吧！

我从背包里掏出工作服，用力丢到水泥地面上。由于这只是布，所以即使再用力扔，也只会由于空气的浮力而轻飘飘地落到地上。

"我不吃你这套，你这么怀疑我，我不干了！"

村濑一言不发，默默地看着我离开，就用那蔑视工作服一样的眼神！我飞奔出杂物间，气呼呼地穿过店子，冲出门去。你给这么便宜的报酬，凭什么要我忍受这种莫名的无礼对待？这一切，都是因为那个伦纪，连东京都三流的大学都考不上的小瘪三！

我一边走着，一边踢打着所遇到的一切来撒气。就在这时，我口袋里的智能手机震动起来。夏海的电话！

"今天能不能见一面？哪怕短短的一个小时也好！"

我的心，因为夏海的声音而得到了极大的安慰，虽然那声音与平时没有什么不同，还是那么普通、冷静。这种时候，是最希望听到她的话，从中获得安慰的。

"当然，当然，你现在在哪里？"

"我已经快到了，就在车站的旁边。"

我告诉她，我马上去车站接她！压抑不住内心的兴奋，我飞快地奔向车站。夏海说她在车站广场等我。跑上车站前的人行天桥，向下望去，在人来人往的上下班的人群中，我看到了孤零零地站在夕阳里的她。我向她摇摆着手，冲了下去。虽然她不是那种令人眼前一亮的美人，但是却让人感到非常可爱。

"工作做完了？很少见呢，这么早下班。"

"有件事情想告诉你，所以……"

她邀我去广场对面的咖啡店坐。并肩走上天桥时，我从侧面望过去，夏海的脸色显得很严肃，我不由得心头一震：是不是工作上发生了什么问题？

"我与便利店老板吵架了。"

一边爬着天桥的台阶，我一边说。还以为夏海会与我一样生便利店老板的气呢。

"吵架？"

"他诬陷我偷货了。"

我把这三个月的苦水都吐给夏海听。她默默地听着，我的话一完，就深深叹了一口气。

"良太，你年纪也不小了，怎么还是这样啊！？"

一只小狗，本来想向母狗撒娇，但是却没想到反而突然被母狗咬了一口！当时我的感觉就是这样！我吃了一惊，不由得缩了一下身体。

"一点也不会控制自己的感情，麦秸火脾气！你之前的工作，不也是因为被上司训了一下，就那么离职了？就连这次的钟点工，你也没能坚持半年！"

"你怎么能这么说呢？我又没有什么错，都是他们不好啊！"

"既然是这样，你为什么不解释一下呢？像这次，如果你态度坚决地向老板强调，我没有偷，应该是可以取得他的信任的啊！况且，对方也没有说要开除你，还是你自己忍不住而辞职的啊。"

是的，村濑没有说要开除我，但是他的态度是我不能原谅的。为什么夏海不能理解我呢？我非常吃惊。

"你以前公司的上司，估计也应该是看到你这种自暴自弃的态度，才说出明天你不用来上班了那样的话。你为什么不好好反省一下自己的态度，就这么离职了呢？"

"事情到了今天，你还这么说。上次我告诉大家这件事之后，你，还有其他人，不是都为我喝彩了吗？"

"你真笨啊。对一个已经离职的人进行说教，说你应该向上司道歉，好好听他的话。事后说这样的话，还能起什么作用？只能让你心情变得更加糟糕而已。大家都是大人了，既然觉得没有用了，当然就不会说了啊！"

我呆住了！这好像是说，他们都是大人了，只有我还是小孩子！夏海用犀利的眼光看着沉默的我："公司已经找我谈话，有意调我去东北的分公司工作。"

"啊？"我看着她，几乎说不出话来。

"所以我想与你商量一下。我去那边担任项目助理，估计三年都回不来。"

"等一下。"

"我想听听你的意见，然后决定是不是接受这个任命。但现在，我觉得用不着征求你的意见了。"

我的头脑开始混乱，眼睛直勾勾地盯着夏海的脸。

"对我们的将来，我没有自信了。我们分手吧。"

夏海，你在说什么啊！

我盯着夏海的脸看，拼命眨巴着眼睛。她的嘴在动，好像在向我说着什么，但是她说的一切，我一句都听不到。

"即使我们继续交往下去，我也觉得我们不可能踏上结婚的红地毯。我没有自信可以用我的工资来养活你！我们现在分手，可能是最好的！"

你在说什么啊，夏海！我什么都听不到，一点都听不到。就像一部破旧的机器人，我迈着僵硬的步子，机械地踏着台阶走上了天桥。夏海也上来了，她好像刻意地缩着肩。

"不用走到对面了，我们就在这里说完吧。我希望你快点长成大人。不然的话，将来我们结婚生子以后，你还是这么不停地辞职，那怎么活啊。你认真想过这个问题吗？"

不知道为什么，我的眼泪忍不住流了下来，止也止不住。我也不知道事情怎么成了现在这个样子，我的心好像针扎一样地疼痛。我很想阻止夏海，不让她再说这些我不愿意听的话。

"闭嘴！"

"你说什么？"

我的手，重重地抡到夏海的耳朵上。她一声悲鸣，撞到了天桥的扶手上。她用手捂着耳朵，用严厉的眼神盯着我。

"你正是因为说服不了人，所以就要么使用暴力，要么离职。今天能够明白你的本性，实在是太好了。如果是结婚后才知道你这个样子，那就没有后悔药了。"

我语无伦次地一直叫喊着什么，到底说了什么，我自己也不知道！就是不想听她说的话，这些让我痛苦、伤害我的话，我连听都不想听。

就在这个时候！

我看到一个人影，从天桥的对面上来了。肯定是什么地方吸引了我，我扭头望过去。是伦纪！他手插在口袋里，吹着口哨，意得志满地顺着台阶向这边走过来。肯定是因为逼我辞职成功才这么得意扬扬的。在这么小的城镇里，如果要约人的话，肯定是在车站前，就像夏海，不也是约我在这里相会的吗？太好了，终于逮着你这个混蛋了。

好像他也注意到了我，看到捂着耳朵的夏海，还有抡着手臂的我，他的嘴边露出忍耐不住的笑容。这个混蛋，他用残忍的眼神在嘲笑我。那么折磨我，甚至让我失去了工作，这还不够啊！还有，正是因为这个混蛋，夏海才误解了我！都是这个混蛋的责任，这个混蛋！

我在天桥上飞跑着，冲了过去！伦纪的眼中露出恐怖的神情，转身开始逃命。能放过你吗？不能，绝对不能，绝对不能！绝对不能……！

伦纪已经快冲下台阶了。就在这时，我飞起一只脚，从后面踢了过去，踢到了他的头上。伦纪一脚踏空，滚下了阶梯。翻滚时，由于台阶之间的高度差，他的身体还弹跳了几下。我向下望去，滚落到沥青铺成的人行道上的伦纪，就那么一动不动地躺在那里。不知道为什么，我清楚地知道，他已经死了！

我没有想杀他，我没有想杀他。不应该是这样的啊，不应该是这样的啊！……

"重置！重置！重……置！"

我的眼前突然变得一片漆黑！就在这一瞬间，我大喊了起来。那声音，比棒球裁判大声裁定球员"下场"的叫声还要大！我的心脏，就像因为缺氧而剧烈喘息的金鱼那样，在激烈跳动着。

坐在我对面的一个女性，厌恶地看过来。我们的视线碰到一起时，她条件反射一样地避开了我的眼光。我这边的座位上，坐着四个人。无论男女，他们都关注着我，但是他们都拼命装出一副漠不关心的样子。

我注意到手中的阅读器，被我出的冷汗打湿，已经滑不留手了。电车刚刚进站，不知道现在停的是哪个站。我从挤满人的车厢中钻到门口，几乎是掰开了即将关闭的车门，冲到了站台上。刚才在车厢内的那种紧张感让我无法忍受。不但眼睛发疼，更要命的是，如果再待下去的话，我肯定会晕倒的。

我脚步蹒跚地走在月台上。我提早了三站！由于不是上下班高峰，上下车的乘客不怎么多。看到我摇摇晃晃地走着，一个坐在凳子上的男人默默站了起来，给我让出了一个座位。他肯定是把我当成了一个醉汉！我一下子瘫坐在凳子上。

刚才发生了什么？

我又看了看阅读器，《你的书》还在"书架"上。按照道理来讲，"书架"会显示阅读进度，提示你阅读了多少内容。但是现在上面的进度显示为"未阅读"。

难道是我做了一个梦？

也许将要开始阅读的时候，我在电车上打了一个盹。肯定是由于我在公司遭遇了不顺心的事，精神有点紧张、疲劳而造成的。但是，尽管是这样，这也是一个令人感到恐怖的梦，而且是那么活生生的梦！我的手上和脚上，还残留着殴打夏海、脚踢伦纪时肢体接触的感觉。想到顺着台阶向下滚落的那个少年，一阵寒战就顺着脊柱直冲我的头脑。尽管我从来没有遇到过这个人。

这究竟是一本什么样的书？

我又看了一眼阅读器。

旧书店的老婆婆，告诉我要买还没有成型的电子书，而且说可以修改三次。说的是书的内容，还是别的什么？……

这么奇怪的书，还是干脆删除了吧。我的手指放在阅读器的页面上，在认真考虑。只够购买一杯咖啡的书钱，数目不多，虽然嘴里说着不可惜，但是真要删除的话，心里还是会感到不舒服的。

但是，等等！如果这是占卜我的命运的书，那就还可以改写两次。如果真是这样的话，虽说这种想法有点荒唐，但是现在不就是我的一个机会？这个梦，也许就是一个深层的心理警告，告诫我万万不能离职。刚才我还暗下决心，准备明天就不去公司了，但是我现在决定，明天回去向上司道歉，接受上司的批评。

也许刚才就是在电车内做了一个奇怪的梦。这也许就是一本普通的书，普通得如果我再读一次的话，甚至会失望。

我又点开《你的书》，开始阅读了。

咣当一声，电车摇晃了一下，我睁开了眼睛。我很熟悉窗外的街景，是距离我的公寓最近的车站。我急忙抱着公文包，从车厢中挤了出来。

刚下到月台上，从水泥地面蒸腾起来的一股热浪就迎面袭来。我一边擦着汗，一边通过出站闸口，迈向车站前的一间蛋糕店。刚过六点，去年刚刚升任营业部经理助理的我，每天都非常忙，往往要加班到午夜十二点才能下班。但是今天是一个特殊的日子，是我们结婚十周年的纪念日，我一定要早点回来。

我挑选了两个蛋糕，让店员帮我放到盒子里包装好。这两个蛋糕，用了很多水果，在色彩方面真的是"丰富多彩"，给人的第一感觉就是一定非常好吃。结婚十周年是"锡婚纪念"。记得以前有一个广告很流行，说结婚十周年应该给妻子送钻石饰品。我没有这笔钱，只好给夏海送蛋糕来表示心意。

公司的业务，不能说很好，我的工资刚够我们吃饭，夏海也在工作。在我们两个人的努力下，公寓的分期贷款还款情况也很顺利。我们还没有要孩子，这件事令人遗憾。但是，如果夏海一旦休产假，那我们的生活，肯定会由于收入剧减，而马上变得窘迫起来。

在这样的生活中，我们的小小乐趣，就是在网络上查询免费或者便宜的音乐会信息，然后夫妻俩一起去欣赏。我们俩都很喜欢喝啤酒，参加完音乐会后，我们就会找一家便宜的小酒馆，喝点扎啤，吃点东西，就这样，我们就心满意足了。在音乐会上，我们也交了新朋友，与志趣相投的朋友在一起，我们的谈话很快就会妙趣横生。

幸亏当时没有离职！

我提着装蛋糕的箱子，一边走着，一边庆幸当时的决定。那个骂我第二天不用再来上班了的上司，后来告诉我，说他第二天看到我照常来上班时，觉得出乎他的意料，也因此而觉得我还不是无可救药的，改变了对我的看法。我把这件事情告诉了夏海，她也笑着说："你终于长成大人了！"接受了我的求婚，并用这个理由，辞掉了公司派遣她去东北分公司工作的任务。当然，我也从来没有向夏海动过一根手指头。

十年过去了！

虽然看起来似乎很漫长，但实际上只是很短的一段时间。等你蓦然回首，才发现已经接近人生之路的终点站了。就像现在一步步走向自己的家一样，虽然我还不到四十岁，但也在一天天走向人生路途的终点。

今天我怎么净想这样不吉利的事情了？

我也觉得有些奇怪，一边苦笑着摇摇头，踏上公寓的楼梯。我们家是二楼的三号房。虽然只是很小的一间房，但是那却是我们夫妻俩好不容易才建立起来的"城池"，供我们在这里安身立命。虽然还需要将近二十年时间我们才能还清住房贷款，但是我们一直在按照合同如期偿还。

我插进钥匙，开始旋转，但是很奇怪，好像没有平时应该有的手感。

"我回来了！"

我推开门，面对寂静无声的室内，喊了一声。在我的脑海中，我还以为是她想给我开一个让我惊喜的玩笑而这么悄无声息呢，她很喜欢玩这样的游戏。但是，就这么不锁屋门，还是有点太大意了吧。

房间内灯火通明。

"夏海？"

饭桌上摆着几个罩子盖着的大盘子。夏海喜欢做菜，也喜欢做一些精致的菜肴。今天她又做了什么呢？我走过去揭开罩子看了一下，都是我喜欢的菜。我感到一阵欣喜。

就在这时，我发现了，夏海躲在沙发的阴影处。

她真的是在玩游戏啊！

我不由得笑了出来。她自以为已经藏好了，但实际上，凌乱的头发，就那么搭在沙发背上，脚也露了出来，就那么摊在地板上。不过，尽管她漏洞百出，我还是决定配合她一下，假装完全没有发现她，假装被她大大地吓了一跳，让她开心一下。我静静地绕到沙发背面，扭头看过去！我不由得发出一声悲鸣。

夏海坐在沙发阴影里，头下垂着。她的脖颈倾斜的角度很奇怪，手脚也是那么柔弱无力地耷拉在木地板上。而且，她黑黑的舌头从嘴唇里伸了出来，衬衫的领口处是一圈黑红色的绞痕，就像缠了一条领带。

夏海，你的表演也太逼真了吧！

我强压着恐惧，一步步靠近她，把手探到她的脸颊上。她的皮肤已呈灰色，已经冰凉，微微散发着像氨水一样的臭味。

"夏海？"

我又试着叫了一声。她仍旧一动不动。

"这肯定不是真的，夏海，不要吓我！"

我把手指探到她的嘴前，确认她还有没有呼吸。

夏海死了。

我的神啊，这不是真的！肯定是玩笑，一定是玩笑。为什么夏海会是这样的命运！今天是我们结婚十周年的纪念日，回到家里的丈夫，却发现妻子被杀了！这是什么世道啊！

我不知所措，全身发抖，竭尽全力才能保持站姿。就在这时，我听到后面传来什么东西受到撞击的声音。我不想回头去看，却又不能不回头去看。

由于悲伤，我是那么无力，脖颈好不容易才扭过来——映入我眼帘的，是一个年轻男性。他眼里闪着寒光，手里握着柳叶菜刀，冷酷无情地冲我站着。

是我们在音乐会上结识的年轻人，叫伦纪。看起来像一个讨人喜欢、性格开朗的年轻人，也曾经来我们家玩过。但是，好多次我们感觉到，他看夏海的眼神有些邪，所以最近就没有再邀请他来了。

就在他的菜刀快要刺入我的胸膛的那一刻，不知道为什么，我用尽力气大叫一声："重置！"

车站工作人员狐疑地看着我——大叫一声从凳子上跳起来的我。我的心脏，几乎要通过我的嘴巴跳出来，两只膝盖在身不由己地嘎达嘎达地颤抖着，好像在跳舞一样。我感到呼吸困难，就把领带从脖子上拉了下来，团成一团塞到口袋里。

这是为什么，为什么，为什么？……

怎么会这样呢？每次我都是这么不幸，即使我已经洗心革面、彻底改变了，怎么还是这么不幸呢？为我"量身定写"的书，好像不是发给我的警告。夺去了我的工作、我所爱的人，我杀人，或者被别人杀，这个叫伦纪的男人，都是罪魁祸首，我逃不开的魔障。只要他出现在我面前，不幸的开关就会被打开。

阅读器还在我手里。我内心涌起一股强烈的冲动，真想把它摔在月台上，把它摔得粉碎，这样我就不会再做这样的噩梦了。

开往相反方向的电车进站了。我跳上车去。由于正好与上下班人潮方向相反，这个方向的电车很空。我返回发现那个旧书店的车站，气喘吁吁地跑回到旧书店应该在的位置。应该是在这里啊！悬挂在屋檐下、在风中作响的诗笺，上面还写着"此处有为您量身定写的书！"的书店，确实应该是在这个位置啊。

但是，没有，哪里都没有这家书店！刚才我是一眼就看到这家书店的，但是现在，尽管我已经来回了好几趟，在这人迹稀少的商店街上，无论怎样找，我都再没有找到这家书店。坐在收款台附近打盹的老婆婆，由于没有好好擦洗以致无法看清店里情景的窗玻璃、无法阅读到书脊上的字的一架架的书，这些，都消失到哪里去了呢？

现在的我真是无计可施！我拿出阅读器，打开电源，《你的书》还在"书架"上！是的，这千真万确不是梦，但是，那家书店却再也找不到了。

干脆，我把它从阅读器上删除，或者连阅读器一起扔掉？要不然，我再读一次？

还有一次"重置"的机会。

但是，下面会发生什么呢？

删除，扔掉还是阅读？

删除，扔掉还是阅读？

删除，扔掉还是阅读？

……

　　我在自言自语，用力摇了摇头，头发都凌乱了。我像被关在笼子里的狗熊，或者土拨鼠，在烦躁地不停地走动。

　　就在这时，我听到有人打了一个大大的喷嚏。有一个人撞了一下我的手腕，蛮横地超过了我。阅读器几乎脱手而落，我赶紧用力抓紧。就在他超过我的那一瞬间，我觉得这个人的侧面很熟悉，很像出现在我的梦境中的、那个叫伦纪的少年。比我在第一个梦中见到时，稍微年轻一些。

　　"站住，等一下！"

　　我突然叫了起来，抓住他的手腕。他扭回了头，确实是伦纪。

　　"啊，你是谁？"

　　伦纪还以为我要追究他撞到我的事情，很不耐烦地绷着脸，用力甩开我的手，快步走开了。我茫然自失地站在那里，盯着他的背影。这是不是什么暗号？在这里，在这个深夜里，遇到这个将我陷入不幸深渊的少年！我们两个人的不期而遇。

　　犹豫了一下，我开始追赶伦纪。我的手里，紧紧握着我刚刚解开的领带。我的脑海中，浮现出夏海被勒死的情景。

　　这是为夏海复仇！

　　我喃喃自语着，已经下定了决心。这是为夏海复仇！如果我现在就在这里清除这个致我不幸的根源，一切会怎么样呢？

　　……

　　只能重置三次！

　　我已经没有"重置"的机会了。

克隆体质

文 / 高井信　译 / 刘金举

　　是什么时候察觉到自己拥有体质特异呢？对，大约是三年前。

　　当时的我有点叛逆，经常与黑社会混在一起，为能成为一个小马仔而沾沾自喜。但突然有一天，我对自己的这种生活产生了怀疑，洗心革面的愿望油然而生，而且那么地强烈。

　　我把自己的想法告诉了黑社会老大。但是，正如大家所知，黑社会并不是什么善男信女的组织，并不会轻易允许成员退出。此时，经常在电影上见到的"切手指"——江湖上金盆洗手的仪式，就不得不由我来重演。

　　老实说，对于当时的我而言，这确实是一件令人非常头疼的事情。大家细想就会感同身受：毕竟是切掉完全健康的小拇指。但是，既然只有切掉手指才能脱离黑社会，别无选择的我，只能硬着头皮去见老大。

　　不施麻醉来切断小拇指，试想一下就能明白，世界上还有如此令人恐怖的事情吗？但已经下定决心的我，义无反顾地将小拇指放在切菜板上，闭上眼睛，静等那恐怖的命运的降临。

　　但是，出人意料的是，"切手指"那么简单地就完成了。注意这里的"但是"，因为我完全没有感受到预想中的痛彻心扉的疼。当然，我的小拇指确确实实被切掉了，还是感受到了一点点疼痛。由于完全超出了自己的预料，面对这点疼痛，我当时的表现，甚至可以用"若无其事"来形容。而且，更让人惊奇的是，我几乎没有流血。

　　老大好像比我更加吃惊。当时的我，只是因为没有感觉到疼痛才没有哭爹叫娘，并不是我特别坚强，但是在别人的眼中，我却成了一个钢铁硬汉。老大甚至当场就挽留我：兄弟，别走！我保证给你一把交椅，委你以重任！

　　换作以前，我肯定会激动得满口应允。但既然已经洗心革面，甚至已经"切手指"了……

　　我自然郑重地予以拒绝！但为了纪念此事，我让人把小拇指放在一个小盒子里，带着回到了住处。令人惊讶的是，这个时候，手指的切口已经完全愈合，一点点疼痛都不复存在。如此神奇的愈合速度！但如果仅仅如此，还不是那么神奇，因为发生了更加令人震惊的事情，那就是……

　　回到住处后，我打开小盒子，想看看带回来的小拇指。当然，小拇指还在里面。只是、只是，那包在药棉中的原本的小拇指，竟然变成了另外一个"我"。没错，是另外一个"我"，只是那是一个小拇指大小的"我"，一个小"套娃我"！就那么静静地包在棉花中，静静地躺在那里！

　　多么令人震撼的事情啊！我大叫一声，连小盒子一起拿起来，狠狠地向墙上砸去。小"套娃我"飞出小盒子，掉落在榻榻米上。

　　"套娃我"受到震动睁开了眼，缓缓地站立起来，眼睛骨碌碌地环视了一下周围，视线停留在我身上，突然笑了起来。见到那个与我完全一样的"套娃我"，当时的我，就像吞吃了一只苍蝇，那种恶心的感觉简直无以言表。相信换作是你，突然见到一个"套娃你"，肯定也会产生与我完全一样的感觉。

已经被一连串不可思议的事情弄得瞠目结舌的我，茫然地看着这一切。我被切掉的小拇指，竟然变身成为"套娃我"，而且还是活生生的、活蹦乱跳的"我"。说出来会有人相信吗？

那个"套娃我"，似乎对我失去了兴趣，一路小跑冲向门口，从半开的门缝中钻了出去。我是应该追出去的，但是当时的我，完全陷入了茫然自失的状态中，只能目送着"套娃我"离开。

过了将近一个小时，我才终于清醒过来，但是还是不能相信这一切。我相信，无论是谁，遇到这种情况，肯定都会陷入与我一样的心境中。

我刚才所看到的，究竟是什么？……我开始整理自己的思路。虽然刚才没有仔细观察，对细微之处没有什么自信，但是那确实是"套娃我"！虽然大小不同，但那确实是我的分身，而且还那么活蹦乱跳。

我的小拇指装在小盒子中，"套娃我"从里面出现，而且我的小拇指也消失不见了！从这些事情可以轻易推测出一个结论：那个"套娃我"是我的小拇指变化而来的！虽然这令人难以置信，但是这是现实中发生的事情，让人不得不相信！

突然，我脑海中跳出了一个词：克隆人。众所周知，克隆人，就是用人类的身体细胞培养而成的"复制人"。我的身体细胞，就是我的小拇指，变成了另外一个"我"，这不是克隆人是什么？虽然对科学知识只是一知半解，但是我也明白，不采取任何措施，放在小盒子里面的小拇指竟然变成了克隆人，这简直就是天方夜谭。然而，除此之外，还能有别的解释吗？

得出这个结论后，我开始怀疑，怀疑自己身体的其他部分，是否也会产生同样的现象。当然，最快的办法就是实验。

首先，最简单轻松的，就是用我的头发。我拔出几根头发放在桌子上，仔细观察了一会儿，但没有发生任何变化；这是我预想到的结果，如果每次我拔下的头发，最后都变成了"我"，在这个世界上到处走，那感觉该是多么难堪啊。那我岂不成了《西游记》中的孙悟空？

我剪下几片指甲，又做了一次实验，结果相同。但是如果再做下去，就要痛下决心了。因为，如果继续做实验，就要伤害自己的身体了。

深思了一会儿，我决定用指甲剪切下一点手掌的皮肤。切掉小拇指都不怎么感到疼痛，切下这么一点点皮肤，自然也不会感到疼。遗憾的是，仍然没有发生克隆现象。

但是，如果要让我再切下一根指头，或者剜掉一块肉，那我还是不得不犹豫的。既然我拥有如此特异的体质，如果刚才被切掉的小拇指能够再生的话，那该多好啊……遗憾的是，我的这一期待落空了，一点再生的迹象也没有！虽然不是很疼，但是仅仅缺少一根小拇指都那么让人难受，再让我冒着牺牲另外一根手指的危险来探究真相？还是免了吧。我毕竟只是一个肉体凡胎的人！

接下来，我的思考转向了另外一个问题：今后该如何办？我决定，关于我的特异体质——姑且用克隆体质来称呼吧，即使只是片言只语，今后也绝对不能向任何人透漏。一方面，即使对人说了，估计也没有人会轻易相信，另一方面，如果要证明自己的话，只能切下自己的手指，或者身体的某个器官，甚至会被当作怪物对待！最明智的，还是把一切都深深埋在自己的心底。

时间就这么慢慢地流失。

跳出黑社会的我，成为一家房地产公司的推销员，与一般人一样，度过了两年多的平淡生活。日子平平安安的，也没有受过什么大伤，自然也没有新的克隆人出现，三年前那段令人讨厌的记忆也慢慢淡了下来。从我的小拇指克隆而来的"套娃我"，现在住在哪里、生活在哪里？虽然有时也会偶尔想到这个问题，但是我内心一直在极力想抹去这一切。

如果没有机会（比如切掉手指），就不会再出现克隆人，所以我也没有那么深深地担忧。

好不容易适应了这种踏实的生活，开始幸福地过日子了……

然而，半年前，一切都变了。

公司为员工安排了定期体检，结果显示我的胃中存在着异常状况，是胃溃疡，当时就办理了入院手续接受治疗。医生和护士都没有说什么，但我的直觉告诉我，那是胃癌。

阵阵恐怖袭来！各种治疗都没有效果，明天，将不得不接受手术。这恐怖，不是来自胃癌自身，因为发现得早，甚至都察觉不到什么症状，因此不需要什么担心。

我的恐怖，来自另外一个层面。

在我的脑海中，三年前的体验复苏了，而且是那么地真切详尽！对，就是我的克隆体质！

在我的体内，癌细胞还在继续生长吧。想象到手术摘除的癌细胞，成为我的克隆人，生活在这个世界上……

判处一百五十分贝噪音之刑

文／福田和代　译／童晓薇

"判处被告人一百五十分贝噪音刑！"

判决下来时，"基尔特"的成员和我前妻正挤在我狭小的家里。他们全都一副遭到打击的表情，盯着暂时投影在墙壁上的身穿制服的法官。

"太……太过分了。"

前妻脸色发白呻吟道，想看我又不敢看的样子。

"没想到真的被判有罪。"

"没想到是这样的判决。"

"应该上诉。太过分了。"

长年与我一起战斗的"基尔特"的伙伴们口中无力地吐槽着。我沉默地听着他们小声地抗议。判决前，他们个个脸部发光，特别兴奋，高声叫道我们赌上身家性命也要战斗到底，还几次喧闹地敲打啤酒罐大喊"基尔特"万岁！

"换个律师，劝他上诉吧。""基尔特"的委员长轻柔地拍着我的手说。可能他觉得我已经意志消沉到声音都发不出来了。

"别放弃。"

我笑了笑。

"谢谢，委员长。不过，我想一个人好好想一想。"

听了我这话，伙伴们立即站起来，一个个脸色青白，对我说了些鼓励的话，然后握手离去了。我的前妻用力抱了我一下噙着泪也走出了这个家的玄关。以前我俩离婚是因为她一直在国外工作的缘故，相互之间并没有什么不满。现在我们还是好朋友。

望着他们离去的背影，我突然有些害怕，"基尔特"的活动或许要就此衰落了。

"唉，真是，没想到是这样的结果。一百五十分贝？这个数字还是第一次看到。"

回过神来，发现"小圆眼"投影的影像已经变成了律师。"基尔特"的顾问律师。上了年纪，头发几乎全白，平时看上去就是一个气色不好的男人，今天脸色尤其不好。

"教授，如果上诉的话……"

我慢慢摇了摇头。

"上诉也没有用的。我们还没察觉时规则又会发生变化。这是经常的事。法律也好刑罚也好，不是写成条文的就是我们看到的全部。还有阐释这个玩意儿。"

"'他们'把立法误解为特权。立法是伴随着责任的啊，教授。法律，不仅仅是为了现在的社会和活在这个社会的人们，还有驱动以后出生的人们与未来的力量，所以才必须慎重对待。'他们'不懂得这些，像找乐子一样玩弄法律。太不像话了。"

律师叹息道，声音像是从肺的底部挤压出来的一样，因为他完全理解我的意思。他本来就是一个长期工作在一线的律师，经验丰富。

"我打算接受这个判决。你不觉得这是一个揭露'他们'暴行的好机会吗？我今年七十二岁，活不了很久了。这个年龄接受史上首次的刑罚，或许有些意思。"

"教授……"

"我心意已决。如果不上诉的话，这个判决就是立即执行吧？"

律师一副困惑的样子拼命摇头，嘴里却回答道"是的"。

"不过，不要着急。上诉可以有两周的缓刑。这段时间，你再慢慢想想。"

"与其慢慢想消磨决心，不如现在就决定。希望你尽快办手续。"

或许是看到我的决心不可动摇吧，律师说会尽快办理放弃上诉权的手续，然后又反复说了些鼓励我的话，结束了通话。我不是一个轻易相信别人的人，但一点不怀疑这个律师非常认真地为我作了辩护。

只是我运气不好而已。

我国的刑法是花了很长时间一点点修正演变成今天的样子的。本来，作为规则依据的法律是不能轻易改动的。

但是，随着时代变迁，出现了一些匪夷所思的新型犯罪，人们的生活方式与家庭形态、心理也一点点地在变化。因此，法律有必要作出相应的改变。

翻阅刑罚的历史，可以深刻理解人类一向的残酷。

在中世纪的黑暗时期，拷问与刑罚是配套的。死刑的多样性穷尽了人类想象力的黑暗面。从斩首、火刑、磔刑开始，把人的四肢分别绑在牛马身上、牛马跑动致人体四分五裂的刑罚，把人体绑在巨大的车轮上、车轮滚动压碎全身骨头的刑罚，把身体埋于地下、用粗钝的竹锯一点点锯犯人的脖子直到其死去的刑罚。

中国还有一种叫作凌迟的刑罚，把判死罪的犯人绑在柱子上，一刀刀割去身上的肉。大量出血会立刻死去妨碍处刑顺利进行，刑场外往往有外科医生待命，每割一块就进行止血。有黑白照片记录行刑场面，受刑者的表情似乎很恍惚，一般认为可能是给他们服用了鸦片等药物。

而且这些照片还拍了很多围观刑场的看客。他们注视着这个极其残酷的刑罚的执行过程。

不是什么难以置信的事情。

如果现在我们实行这个刑罚的话，会被指责轻视人权，另一方面，又会有大量的煽起残酷幻想的影像和游戏提供给我们。

人，是残酷的生物。

但是，刑罚不能是感情的产物。如果只简单反映被害者的感情，就不会有"以眼还眼"的汉谟拉比法典后的进步。

随着时代迁移，引入了保护加害者人权的视点，刑罚朝着更加稳妥的方向变化。很多发达国家废除了死刑，保留死刑的国家，也开始采用药杀等能减轻服刑者痛苦的方法。

于是我国也终于顺应时代趋势迎来了死刑的废除。

身为法律学者的我，是作为"人权派"广为人知的。所以，我自然为死刑的废除高兴，甚至觉得我国的法律终于赶上了其他发达国家。

但是，刑法的修正并未止步。有人指出监狱的存在造成了财政的压力。还有意见认为监狱服刑对服刑者实施惩罚的一面过于强烈，作为再生设施的一面远远不够。讨论的结果，出现了划时代的方案。即新设不要监狱的刑罚。

这个方案里，一项技术起到了关键性作用。

即当时终于实用化、率先用于医疗行业的纳米机器。小学生以上，按顺序接种纳米机器。小孩子上小学后，就会像打预防针一样往他们身体内植入纳米机器。机器的一部分潜入脑内，在固定的地方待命直到需要的时刻到来。

据说当时收到不少有关纳米机器副作用的报告。副作用的内容，至今也是机密。

不久，纳米机器被置换成一种称作"芯片"的新产品，更小型化，副作用也很少发生。这个"芯片"会在人大脑内影响荷尔蒙和酵素的分泌，控制人的感觉。

使用"芯片"和通信的圆盘，使设定限制服刑者行动范围的监禁刑等成为可能。只要待在这个范围内，可以工作，可以喝酒。不再需要高成本的监狱。现在，被判监禁的服刑者中，性侵犯等高再犯率的犯罪人员比例增高。

新的刑罚也诞生了。其中一个刑罚的名字相当别扭，即"噪音刑"。

实际上，这个刑罚是谁、在什么时候发明的，无从确知。我出生时，这个东西还不存在。我自己接种纳米机器是在三十多岁，由此可以推测这个听着别扭的刑罚的出现是在那之后。

按理说，既然有了刑罚，就应该制定相应的法律。但是"噪音刑"的法律是谁、又是通过怎样的讨论制定的呢？为什么迄今没有人提出疑义呢？

其实像这样的刑罚还有好几个存在。

我和朋友们正是带着对其存在的疑问，组建了"基尔特"发出我们的声音。政府应该有责任回答这些疑问。我们在街头组织签名活动，发动政治家，呼唤废除这种无根无据的刑罚。

有人在玩弄法律和刑罚。就是看不到脸的"他们"。也许是"倾听省"的官员们，也许是整个组织。

什么时候发展成今天的事态了呢？无从确知。法律学家的我都这么说，一般民众恐怕更是一头雾水。

不能放任不管。我们专家早就该大声呼吁了。是的。坚决地，将这种事态喊停。

"噢……"

脑部一阵突如其来的剧痛，我两手按住耳朵呻吟起来。

虽然只是一瞬间，我还是明白发生了什么。

——这就是一百五十分贝噪音刑。

自判决下来仅几十分钟而已，"倾听省"的工作效率真高。

据说一百五十分贝是用于音响炸弹的音量。能感觉到物理上的疼痛，甚至能震破耳膜。

尽管时间很短，但相比大音量，它能穿越耳膜到达大脑芯片，让人感觉如针扎般地疼痛。实际上并不是发出音量，而是"芯片"让大脑感觉到和真正听到一百五十分贝噪音时相同的反应。

刚才的疼痛之所以发生，是因为我有对政府的批判性想法，而且要煽动一般民众。

不对，是因为我在"心里"考虑应该煽动。

并没有实际上的行动。但是被判噪音刑的服刑者，在产生类似想法时都会立刻遭到惩罚。

技术进步到连内心的声音都可以惩罚的地步了。只要有"芯片"，我们连自己的内心都无法遮掩。

豁出去了，我横下心来，看了看窗外。

——多好的天气啊！

正是散步的好天气。

　　我穿上外套，戴上帽子，拄上樫木拐杖出门。在院子里玩耍的小鸟听到我的脚步声扑棱棱飞走了。脚边，长长的影子仿佛我这一生的历史在身后伸展。这是一个平和的秋天的午后。

　　与徒刑不同，噪音刑不限制移动的自由。因为可以在任何地方、任何时候施以刑罚。可以如往常一样工作，可以看电影听音乐。甚至可以喝酒。总之一句话：自由。除了"不可以思考"，一切和往常一样。

　　但是，徒刑和噪音刑，哪一个更被限制自由了呢？

　　"你好！教授，今天天气真好！"

　　路上行人看到我一身散步的打扮，都和气地跟我打招呼。我也手碰帽檐殷勤回礼。他们大概还没有看新闻吧。或者，对"噪音刑"这个词还没有感觉。

　　和往常一样的午后。

　　但是，刚刚擦身而过的面包店的男人，他可以自由思考，我却不行。

　　"芯片"的发明，恐怕会使人堕落。原本人类就有享乐的倾向。就像水从高处流向低处一样，人容易向简单、更简单的方向滚动堕落下去。

　　刑罚亦如此。

　　噪音刑和新的监禁刑的产生，是因为刑罚执行者的不作为。要运营监狱这样的设施需要成本，还需要人员准备和精神准备。废除监狱，说好听的是为了削减成本，往人大脑里植入"芯片"便万事大吉，说到底是为了管理省事。

　　而且，把防患于未然作为冠冕堂皇的借口，监控人们的内心。

　　绝不允许这样的事情！

"噢噢呜哇哇哇啊啊！！"

感觉有粗针扎进我的脑髓。

我突然在路上像傻子一样大叫起来，周围的行人吃惊地看着我。

一百五十分贝。我怎能输给它！不就是疼痛吗！这是"芯片"给我的幻觉。耳膜并没有真的破了。我让自己安静。手指在颤抖。

人是脆弱的生物，容易屈服于肉体的疼痛，容易因一点点小事情绪受挫。这是抓住人弱点的刑罚，试图用疼痛控制人的内心。太可恶了。

我坚决抗议——"可——恶——！"——怎么能有这么愚蠢的刑罚！这不过是"倾听省"为省事而设立的刑罚。绝不允——"呜哇哇哇哇！！"——这是对人类尊严的侮辱！"嗯嗯噢噢噢噢！！"

我踉踉跄跄挣扎前行，眼睛蒙眬地瞪着前方。

抗议！应该抗议！无论发生什么！无论我的身体变成什么样！

"哦噢噢噢噢呜呜呜呜呃呃呃嗯嗯嗯嗯嗯！！！"

"长官！'25317号'心肺停止状态。"

长官点点头。

"一百五十分贝'噪音刑'吧，很少见啊。"

"救护车赶到了现场，但没有救活。宣告死亡。"

"就这样吧。把'25317号'案件放入冻结盒里。"

"是。不过，长官，从服刑者的年龄和推测的心肺功能来看，我们可能会遭到一百五十分贝设置过强的诽谤。尤其'25317号'是'基尔特'的成员。估计会有激烈抗议。"

长官慢慢晃了晃胳膊。

"不用担心。从数据收集的角度来看，最好存在一些非常规的数据。目的是为了从丰富的变化中找到确切值。"

"确实如此，明白了。另外，'608号'的案件……"

"那个零距离监禁的案件吧。挖地道的男的？"

"是的。刚才地下发出信号，已确认死亡。好像是地道发生塌方把他活埋了。如果外界知道'倾听省'早有所察觉的话，恐怕会指责发生活埋是我们的责任。"

"那就当作我们不知道好了。"

"这样的话，'608号'的遗体将永远留在隧道里。"

"没什么不合适的。都是埋葬，这样还省事了。"

"明白了！"

办事员点点头，注视"608号"的数据被打上长官结案标记后消失在完结箱里。"608号"和"25317号"就这样肉体消失，可以作为数据来处理了。

即便如此，长官计算速度之快，我们机器都自愧不如。"倾听省"的担当AI被设置了细致处理复杂系统的能力，因此在快速给出结论方面能力很弱。

不过长官只基于一个原则给出判断，当然可以斩钉截铁迅速决断。

"数据就是一切。"

听到办事员的嘟哝，长官脸上浮现出隐隐的微笑。

祈祷

文／藤井太洋　译／崔雪婷

夜光虫漂浮的马六甲海峡。

享受着温润海风的启普，注意到船头正渐渐偏离目的地——那艘小型油轮。

启普回过头，冲着正在船尾摇桨的少年大声抗议。

"哎，你往哪划呢！"

同伴野山把启普的不满翻译成马来西亚语，那少年却不紧不慢地左右摇晃着身体，说了一串启普听不懂的话。说话间，小船离油轮更远了。

——饶了我吧。

那艘油轮上装满了配备 QWAVE 公司的量子芯片技术的服务器，足足有五千台，而查明它正在开采这批有损新加坡经济的虚拟货币交易记录的人，正是启普。这处需要庞大计算能力的发掘据点，正游荡在每日有数千艘船舶穿梭往来的马六甲海峡。因为接到报告的新加坡政府突然进行强制搜查，启普在小船上安装了一个 GPS 发报机。

启普正想拿装在防水袋中的一卷美钞抽少年的脸，野山转过身来。

"他说我们正处于油轮的聚拢波上，让我们相信他。"

启普完全不懂这话是什么意思，正不得其解的时候，海面一下子翻腾起来，身体轻飘飘地被向上推去。

他慌忙抓住船沿。

那一瞬间，少年站起来，立在船沿上，拼命朝左侧倾斜。小船以与坠落相近的速度向前滑去。

回过神来，发现小船已经与油轮的船体非常接近了。少年利用波涛，一口气把小船拉到油轮边上。同样紧紧抓着船沿的野山笑了起来。

"哎呀，好大的聚拢波啊……"

——不对。

油轮的波浪马上就会涌过来。少年大概是从众多船舶涌出的波的集合中看出这道波浪来的吧。油轮不过是导出这个结论的一个契机而已。

"这家伙还挺机灵的……看来不能把他当傻子啊。"

启普的小声嘟哝应该传不到少年的耳朵里，但少年却笑着露出了雪白的牙齿。

设在舰桥一隅的操控台前，维杰克停止了模拟实验。

"可恶！到底是因为什么！"

维杰克重重靠向椅背，将手伸向能源杆。这时，从背后伸过来一只手，柔软的手指缠住了维杰克的手。这是刚洗完澡的船长兼机械师美利诺乌。

"吃太多了，最近没怎么动吧，肚皮都松了哦。"

"别烦我。实验卡住了。"

美利诺乌隔着浴巾将胸部压在维杰克背后，将两条手臂环在维杰克的脖子上。

"还是'冥府看门狗'队形的问题吗？"

"是啊。你过来看看。"

维杰克移动鼠标，画面中出现的用于警备的三个机器人就动了起来。这是以迅驰为动力的"冥府看门狗"。在初期设定中，这些机械狗会将警戒区域一处不落地巡查，遇到入侵者就鸣起警报，但是这对于没有可以应对武力冲突的船员的这艘油轮来说，没有任何意义。

因此，维杰克决定对"冥府看门狗"的各项参数一点点进行调整，让机械狗做出不同的动作，制作能够扫除入侵者的程序。

维杰克用的是遗传程序计算法。

虚拟舞台中的三只机械狗，按照打磨好的队形逼近 AI 控制的入侵者诺德。其中一只机械狗抢起前腿去追赶入侵者，把入侵者逼到静静等待着的另外两只"冥府看门狗"那里。不出意外，入侵者的头被埋伏着的"冥府看门狗"咬了下来。

"这不挺好的嘛！要是真有尸体了，我负责打扫。机械狗竟然还知道埋伏。"

"不是啊。你看它猛扑过去之前。"

维杰克把录像倒回去。

"它在用爪子刨地，我想搞清楚，机械狗为什么会做出这种动作。"

"就这种小事……"美利诺乌把缠在维杰克脖子上的手腕滑到胸前，抚摸他的肌肤。"这不是你用遗传程序计算法选拔的结果吗？从结果上看，这是留存下来的行为，所以过后再去找原因，无济于事啊。"

"那倒是啊。"

美利诺乌靠近维杰克，在耳边小声说。

"今晚就让它们学习着，我们好好消遣一下吧。"

"等等……"

如果停止模拟实验……维杰克话刚出口，嘴就被美利诺乌柔软的舌头堵住了。

启普用绳子从船舷吊下来，从防水袋里取出一个圆筒形的橡胶制品——用于入侵准备的无人侦查装备"团子虫"。把这个能变成轮胎的橡胶盒子扭成一团，在周围稍微舔了一下，扔到甲板上。

落在甲板上的"团子虫"来回滚动，用激光进行 3D 扫描，传达入侵处的情况。

关于这艘油轮的信息很少。船员有两名，从迅驰买的三台"冥府看门狗"也在船上，仅此而已。为了解油轮的装备状况，就需要"团子虫"的扫描了。投放了四只"团子虫"的启普，取出最后一只圆筒，正准备扭成一团的时候，只在海面上露出头来的野山说话了。

"那个，是什么不祥的预兆吧？"

启普没有理会，在橡胶周围舔了舔，扔到甲板上。这样一共五台侦查装备。快的话，十几分钟就能确认甲板上是否安全。顺着绳子降到海面，野山冲他笑了。

"你知道斯金纳箱子吗？"

"斯金纳？"

"推动操纵杆就有饵料出来的实验装置。"

"啊，那个啊！我见过发疯似的推杆的猴子。"

在推动操纵杆时必有饵料出来的斯金纳箱子里，动物只会在肚子饿的时候推杆。但是，如果有时候出饵料，有时候不出饵料的话，受到疑心驱使的动物，会变得不停地推杆——是这样吧，启普问野山。

"可惜呀！"野山摇摇头。

"有意思的事儿在后面呢。如果饵料出来与操纵杆无关的话，你知道会怎么样吗？"

"别卖关子。"

"祈祷啊。"

野山笑了。据说，如果饵料出来时是朝向右边的话，鸽子就会对此深信不疑。虽然有时候即便朝向右边也不出饵料，但过一会儿，总会有饵料出来。鸽子以为只要自己来回转动，就有饵料出来，鸽子的行为就这样不断变得激烈复杂。

"祈祷啊。我见你亲吻'团子虫'，想起这些事。"

"你是想说，我和来回转动的鸽子一样吗？"

"不。我在想，'团子虫'现在不是也在亲吻地板吗？"

"'团子虫'就是个机器。机器是不会做出那种有深意的行为的——哎呀，好快。"

启普的目光停在护目镜收信栏上浮现的通知上。

"扫描完了。走吧。"攀着绳子，越过船舷，启普望着甲板，和"团子虫"扫描的3D数据进行比对。戴着夜视镜，星光都显得十分明亮。

紧跟着翻过船舷的野山也用专业的动作找到遮蔽物，滑入集装箱的阴影中。确认了到达立着天线的舰桥的路线，启普听到涡轮发动机的轰鸣声，立即伏下身子。

"冥府看门狗"出动了。人一动不动就好。身上穿的将体温完全阻隔的潜水服，在夜间"冥府看门狗"是看不到的。

一只"冥府看门狗"滑行着向野山的方向移动。另外的两只会从什么地方过来呢。启普探头查看机械狗移动的方向，结果却看到神情慌张的野山站起身来。

——干什么呢！快趴下！

"噗"的一声，让启普缩了下头。

随着"咕噜咕噜"的声音，面前滚来一个足球一样的东西。启普看清这东西的正体时，紧张得浑身颤抖。

是野山的人头。

从歪掉的夜视镜向外看，启普惊愕地发现，自己瞪大的双眼被发现了。

听到再次响起的发动机声和金属碰撞的声音，启普知道另一只"冥府看门狗"正在靠近。

启普朝着声音来源处扭头看，在他眼前，"冥府看门狗"抬起右前脚，然后倾斜重心，抬起了左脚。

似嘶鸣的马一样抬起两只前腿的"冥府看门狗"，好像在合拢双腿对天祈祷，金属声在甲板上回荡。

启普想都没想，就站了起来。

眼前的这只"冥府看门狗"跳起了奇妙的舞蹈。

就在启普将机械狗的动作理解为无理由的祈祷时，他的头被咬下来，滚落在甲板上。

身影效果

文／高井信 译／刘金举

1

哥拥有常人所不具备的不可思议能力，也许这个能力是生而具有的，只不过哥直到最近才发现了一点点而已。今天，哥已经可以自由地运用这个能力了。对哥而言，也许这可以说是一件非常幸运的事儿——假如没有那个突发事件的话……也许哥就会永远失去发现这个能力的机会。

哥清楚地记得发现这个能力的日子——发现这个能力时的震撼，直到今天还清清楚楚地刻印在哥的脑海中。多么不同寻常的体验啊！

半年前……

哥是一个平凡的大学生。

已经大四、临近毕业的哥，这时才稍稍感到了一些焦虑。这是因为，在这四年中，尽管哥只是浑浑噩噩地混日子，但是总算没有留级，即将熬到毕业季。但正因如此，成绩单自然比较难看，而靠这样的成绩，自然无法顺利找到心仪的工作。这倒霉的就业季！

　　尽管如此，生来就是乐天派的哥，自然仍然是坦然应对，仍然每天过着优哉游哉的日子。只是，时间如流水，很快地，春节已过，春风又吹，虽然万事都不怎么上心，但事到如今，也实在是无法再做"淡定哥"，开始了见到招人广告就去投简历的冲刺。无奈招工高峰已过，才能平平的哥，进入用人单位法眼的机会渺茫。

　　俗话说："萝卜白菜各有所爱。"陷入绝望之际，一家如此奇葩的——竟然打算录用诚如哥这般人物的——公司神兵突降。虽然只是一家中小企业，但是开出的条件并不差。对于哥而言，这简直就是最后的收容站。如果失去这个机会……想想就是一场噩梦！因为，这次面试就是敲门砖，就是掌控哥命运铁轨的扳道把手，决定着哥今后是过"泯然众人矣"的生活，还是坠入丐帮。

　　这一天——面试的日子终于到来了！只要顺利过关，就万事大吉，可以顺利入职了！

　　但是，但是！这天早上，哥竟然睡过头了！

　　当然，回首过去，那天的睡过头是唤醒哥超能力的契机，自然是件大好事。但是，当日的情形，哥确确实实是狼狈不堪啊。

　　一跃起床，匆匆套上衣服，作好准备，飞出家门，百米冲刺奔向车站！但是，一个囊中羞涩的单身狗，租住的自然是偏僻位置的房子。正常步行的话，距离附近的车站至少需要花费十多分钟。而且，出租车罕至，交通只能靠"11 路"。按照正常逻辑，现今的这个时间点，已经根本无法准时赶到，除非是空中飞人！但是，死马权当活马医吧，哥仍然是全力以赴地飞奔。

　　平时的懒惰恶果爆发，久不奔跑的哥，竟然那么快就累成狗了。

　　脊背沐浴着阳光，哥的眼前，呈现出长长的身影。就连这个身影，也呈着极度的疲态，似乎在用这种方式，嘲笑哥的落魄。

　　"混蛋！竟然连影子都敢嘲笑哥？难道哥真是一块废材？"

　　一边自嘲，一边也开始焦躁。这时，突然异想天开："如果能缩短距离，那该多好啊！"

　　就在这一瞬间，设在公司总部的面试会场浮现在哥眼前，而且是那么清楚！

　　"哇！"

　　心无二用！异想天开的哥，脚下被绊，一个踉跄，身子向前飞了出去，装着各种面试文件的档案袋脱手而飞！

　　出于本能反应，哥的双掌探向地面，希望藉此撑住自己的身体。

　　"啊……"

　　哥闭上了眼睛，迎接那即将到来的、来自地面的冲击。

　　但是……

　　"咦？"预想中的冲击竟然没有发生，为什么？

　　张开惊讶的双眼，呈现在面前的是难以置信的景象，让哥不由地"哇哇"大叫起来。

　　怎么回事？哥岂不是陷入地面中了？非也，"陷入"这个词并不准确，因为如同坠入大气中一般，哥就那么"落"入了地下，是那么自然，没有任何不适之感！

　　首先是原本打算用作支撑身体的双臂，然后是头部，一下子全部"潜"入了地下。视界受限，周围漆黑一片，整个身体都被吸入了地下……转瞬之间，全身就完全消失在地下了。

　　哥的身体确确实实是在下降！不知何故，尽管完全看不清周围的一切，甚至无法明确感知在下降，但坠落的感觉却是那么清清楚楚、明白无疑。

　　"哇哇哇哇！"

完全没有遇到任何障碍，身体就这么一直往下坠落。

就在下面，一个小光点扑面而来。

"那是什么？"几乎没有思考的余地，哥朝着那个方向飞速坠落。当然，随着距离越来越近，光点也变得更圆更大。

"哇！"

与坠入地下时完全一样，哥没有遇到丝毫的阻碍，顺利地突出光环，穿出地面。

视力瞬间得以恢复，哥眨巴着眼睛。

同时，受到来自相反方向的重力，哥一下子跌坐在地上。冰冷的混凝土的刺激！屁股底下，千真万确是地面！

吃惊的哥，摇了摇头，确认自己是正常的！

三四次深呼吸之后，哥才终于平静下来，环视四周。周围是日常熟悉的世界！幸亏周围没有人，不然又得大费口舌解释哥为什么凭空出现！况且，也无法解释。即使是哥，也想问问这究竟是怎么回事呢！

哥歪着头在想：不可思议！

"好像在哪里见过这样的街景……"注意到这一点，哥紧张的心情才渐渐平复。

"啊，原来是这里啊！"就是哥前几天踩过点的公司总部。

"只是……"

真的太不可思议了："怎么一下子到了这里……究竟发生了什么？"

没有任何头绪，完全超出了哥的理解和常识范围。

但是，现在不是考虑这个问题的时候！既然好不容易到了公司总部，还是赶去参加面试吧，好在总算及时。

哥抬手看了一眼手表，站了起来，用双手拍打了一下屁股上沾的尘土，迈步走向总部大门。

哥优柔寡断，这种性格平时总是受到周围人的批评，但这种性格有时也有好处。就像现在，我确信，与其究明这个奇怪现象的原因，倒不如去参加面试更加实在、合适。

但是……命运不会永远那么眷顾你，幸运女神不会永远那么关照你！

开始迈步的瞬间，哥突然意识到一个重大问题："档案袋不见了！"

向车站飞奔、扑向地面的瞬间，脱手而飞了的档案袋。

"糟糕，糟糕！"再叹息、再后悔也于事无补了！无论是转头回去找，还是重新制作，绝对都来不及了。

面试这么重要的日子里，竟然没有带面试材料，哪家公司会录用这样的学生？即使如实说明原因，也不会有人相信，其结果，必然是被视作疯子。

既然如此，去了也是瞎子点灯——白费蜡。既然明白了这一现实，如果还是再去的话，就有违哥的信条了。

虽然是一个大大的不甘，但是这就是"没办法"了。充分发挥了自己的乐天这一优点，干脆利落地放弃面试的哥，还千方百计地找理由说服自己：早上自己没有醒来；本来这家公司也不适合哥。这样看来，就是这家公司与哥无缘，肯定是这样的……

脑海中，也一度浮现过在乡下劳作、为儿子的未来担忧的父母那悲伤的表情。但是，"对不起了……"内心中嘟囔出的这轻飘飘的一句话，已经让哥心头的愧疚烟消云散，重新恢复了那标志性的灿烂表情。

"回家啰！"

虽然被中小企业所舍弃，但是哥还是大手一挥，潇洒地迈步走向车站。

那次是哥首次发现自己这不可思议的能力。从那时起，就业之类的就不在哥的考虑之列了，因为哥开始全身心地投入了探究自己所经历的神奇现象的事业中！

数日之后，哥已经脱胎换骨了！

将就业抛在爪哇国、埋头修炼的哥，已经完全掌握了运用自己的意志、自如地掌控自己所具备的——进入自己的身影之中，瞬间（也没有那么快）到达目的地——这一奇妙能力的方法。

只要集中精力、毫无顾忌地跃入自己的影子之中，忍耐上次所经历的那种坠落的感觉，仅仅是几秒钟，哥就能从目的地的影子中跳出来。多么方便快捷的能力啊！

修炼刚开始时，哥还无法全程聚精会神，有时甚至头都撞到地面上了。但随着熟练掌握了这种方法，一切都变得如此简单，现在哥已经完全无须担心"人有失手，马有失蹄"了。

无论什么均是如此，只要学习了，就能将之纳入囊中，就会无所不能。想到这里，陶醉之情涌上心头！

哥将该能力命名为"身影效果"，这是因为，只要跃入自己的身影之中，就可以很快到达自己所希望的目的地，而且是那么潇洒！记得曾经在小说中读到过"移步换影，缩地成寸"，虽然风格迥异，但哥这种能力，也可以称为"移步换影，缩地成寸"吧。

"身影效果"，难道不是一个响亮的名字？

哥很为这个命名自豪、陶醉，而且……

2

发现自己的特异能力之后，已经过去了半年。原本只不过是一个平凡的大学生的哥，瞬间母鸡变凤凰了！

首先，哥退学了。尽管只要坚持下去，很快就能毕业了，但是对于今天的哥而言，学历还有什么意义？考虑学历，那简直是太迂腐了。

与此同时，就业什么的，也与哥彻底无缘了。所谓就业，其实就是为自己挣一张永久饭票而不得不采取的手段，能不工作肯定最好还是不去工作。拥有特殊能力的哥，还有工作的必要吗？只要好好运用自己的"身影效果"，即使再懒惰，优雅舒适的生活也永远是哥的标配，因为根本无须再担心钱的问题——而对别人而言那却是最要命的。一旦花光了，哥可以随时随地地进行"征调"。大名鼎鼎的怪盗鲁邦，大家都知道吧，即使他也无能为力的事情，对于哥而言则只是小菜一碟！对于哥的杰作，任何人无法阻挠，甚至根本无法察觉，因为这是超越人类常识的能力，根本无法预防的啊！

哈哈，正所谓"随心所欲"！当然，前提条件是哥的这个能力不能被别人察觉。一旦暴露，无论发生什么事件，即使与哥无关，也必然会被栽赃到哥身上。拥有"身影效果"可以轻易脱身，根本无须担心被抓，但是其结果肯定是受到通缉，无法堂堂正正地生活在光天化日之下。正如"日出东方"这个事实一样，这个结局同样是毋容置疑的。即使富甲四方，如果不能纵情享受，那人生还有什么意义？

鉴于此，哥对自己的能力守口如瓶。哥向乡下的父母撒谎，说自己就业失败，目前靠打工维持生活。他们也非常清楚当今低迷的就业市场，自然不会感到意外。就这么蒙混过关了！

万事无忧，舒心享受人生！

不是夜夜笙歌，而是日日海外游，与金发美女激情缠绵，乐此不疲！只要想要，金钱自然不是问题；金钱在手，各国游乐无忧！

还是那句话：随心所欲。对了，还要加一句：为所欲为！这才是哥理想中的生活。如同无边的画卷，快乐生活缓缓地、连绵不绝地展现在哥眼前。

平生第一次无须兼顾他人的脸色和感受，百无禁忌地生活，生活就是如此幸福、惬意！

大鱼大肉吃多了也会腻！虽然生活是如此快乐，但半年之后，哥的心理还是发生了变化，尽管这种变化是缓慢的。这就是所谓的"倦怠感"吧，只是这种感觉的发生实在是太慢了，以致哥几乎没有察觉，还是沉溺于这种醉生梦死般的生活之中。

这种生活中的某一天！

总是午后才起床的哥，换上衣服，一边伸着懒腰，一边开始计划："今天做什么好呢？"

细细想来："国外千山万水、万水千山已然踏遍……"

这就是倦怠感的爆发吧，哥也察觉到了。翻来覆去犹豫后的结果："好久没有在附近走走了，还是去逛逛吧。偶尔在国内晃晃也未必不是好事。既然是附近，那就越近越好。"

抱腕思考的哥，脑海中灵光一闪，得意地打了一个响指："对，就是新宿，去新宿吧。"

说干就干，哥即刻飞跃进入自己的身影中。

"……"

突然，就是那么一瞬间，一种奇妙的感觉，如闪电般穿过哥的身体，以致哥几乎忍不住大叫出来。但在移动过程中，哥也无法确定自己的肉体究竟是否还是自己的身体，自然也无法准确感知这种感觉究竟是什么。

实施"身影效果"时，通常只有坠落的感觉，但这次却大大不同。虽然不能确定那究竟是什么，但是肯定什么东西穿过了哥的身体，是一种类似于晕眩的奇妙的感觉。

"是什么？"第一次产生这样的感受，让哥大为吃惊。

但是，这种吃惊和疑问，并未对"身影效果"产生任何影响，几秒钟后，哥突破了光环，到达了新宿，一如往常。

虽然放心了，但是心头疑问不解："那……那究竟是什么？"

那种感觉，绝对不是令人不快的感觉，而是宛如吃了禁果之后，所产生的那种顺着脊柱而下的战栗，那种令人陶醉的感觉！

"究竟是什么？"莫名的不安困扰着哥。

尽管迄今为止对"身影效果"的使用都得心应手，但那充其量只是应用，哥对其机制则一窍不通。之前，对于瞬间移动的原理这一问题，哥完全不了解，也觉得没有兴趣、更没有必要去了解。对于整天忙于享乐而根本无暇分身的哥而言，这不是很正常的事情吗？因此，对于这个机制，看似已经很明白了，但其实还有很多不解之处。当然，这也是很正常的事情啊！

受到这不明所以的不安的侵扰，哥突然失去了玩耍的兴趣。这还真是破天荒的事情。

"还是回去吧。"突然间无限留恋自己的住所，归心似箭。

一如既往，飞跃进入自己的身影，经历了习以为常的坠落感觉，数秒后从住所书架的影子中跳出来，而且移动过程也毫无异常。正因如此，哥更加不安。

"实在是太奇怪了！"百思不得其解。

哥决定花一天的时间来探究这个原因。反正今天也无事可做，也没有什么事情值得去做。

扫视了一遍书架，抽出几本关于超能力的图书，这还是体验到"身影效果"之后哥买回来的。详细阅读了其中似乎与这个问题相关的内容，一直到傍晚时分，哥才终于悟出能够自圆其说的如下结论：

首先最基本的第一点，是在借助"身影效果"移动的过程中，哥的身体应该已经不再是一个现实存在的肉体，而是分解为分子了。如果不是这样，怎么能够飞跃入地呢？换言之，移动中的哥，几乎就只剩下意识。如此简单明了的道理，竟然直到今天才意识到！哥也真够可以的了。

其次是重要的第二点，这个世界上，并非只有哥一个人能够运用"身影效果"。现实生活中，既然有一个能够熟练运用"身影效果"的哥，再有一个这样的人，自然也毫不稀奇。这个问题，哥早就应该去探究了。

再次，就是综合以上两点得出的结论。两个在运用"身影效果"移动中的人，如果在同一地点擦肩而过，会出现什么事情？

"对，就是这样！"哥兴奋地大叫起来，真为自己自豪：哥真是一个天才！

"就是这样。肯定是哥与另外一个拥有超能力的人擦肩而过了，肯定是这样。"除此之外别无他论了。哥对自己所导出的假说充满了信心，并对此无限满意。

"够了，今天到此为止，这就足够了！"哥满意地点点头。

见好就收，将书放归书架，重新躺回床上。但是各种杂念萦绕心头，久久难以入睡。"对方究竟是什么人？真想会上一会，是男的，还是女的？"

其结果是，直到天亮，哥才小眯了一会儿。

朝阳升起！

遥望着朝阳，哥在认真地考虑这个问题："今天去会会同类？！"

发现自己拥有超能力之后的这半年中，日复一日地，哥只是贪婪地追求快乐，但其实这只不过是自己不得不采取的心理转移策略而已，就是说，因为没有可以推心置腹的朋友，所以只能以此来战胜孤独感。在心底里，哥渴求"同胞"！

哥认为，在这个世界的某处，确信无疑地生活着与自己一样拥有该能力的人。经过一晚的发酵，昨天晚上才形成的这个看法越来越清晰和强烈，在哥的心目中，已经发展成为一种强迫性的理念。

"渴望相会……！"

迫不及待！

一直以为，这个世界上只有哥才拥有这种超能力，这种孤独感严重侵蚀了哥的精神，只是这种孤独感之前没有表现出来而已。经过昨天刺激，宛如一下子揭开了盖子，原来被压抑和掩盖的症状，瞬间表面化了。

"渴望相会……！"这个念头再次涌上心头。

"但是，怎样才能相会呢？"仍然是头疼的问题。

因为既不能打广告，又没有任何线索！

脑海中突然灵光一闪。"对啊，不是有一个线索吗？……就是新宿！"

哥是在新宿遇到这个人的。那么在新宿再次遇到这个人的概率，至少比其他地方大得多。

昨天的邂逅可以说近乎奇迹，那么再遇的概率，可能不到万分之一。

而且，即使运气好，能够再次擦肩而过，哥也不知道与对方如何联系。也许就是白白地跑一趟。渴望相遇的欲望是如此的强烈，以致虽然白跑一趟有违哥的信条，但是事到如今哥也毫不为意了，因为，即使无法取得联系，也没有任何遗憾，哪怕仅仅是再有一次那样的经历也值了。那种近乎晕眩的奇妙的感觉，令人终生难忘。

现在，跃跃欲试的哥眼中别无他物，唯有这一目标。明知"力不逮"但仍然"心有余"！用这句话来形容哥此刻的心情，也许是最合适的。

"就这样干！从今天开始，只要时间允许，哥就在住处与新宿之间穿梭，直到遇到同类人，绝不轻言放弃！"

3

自那日起，着了魔的哥，每天都赶往新宿。

每天穿梭十多次，多的时候，甚至上百次！这种状况，一直持续了一个多月。

但是，命运无情，一次也没有遇到对方，甚至一点迹象都没有。

状如哥这样的乐观达人，此时也开始有点焦虑了。一个多月前那么坚定的信心，也渐渐开始动摇了。

"没有什么用啊！"

不过，尽管已经有点想放弃了，出于习惯，哥还是出发继续前往新宿了。就在此时，突然，那种感觉又穿袭了哥的身体。

"终于来了！"突破光环、穿越到新宿的哥喜极而跳！那种心情，无与伦比，无以言表。

"万岁！"

"终于重逢了！"

哥高扬着双手，大叫了起来，内心充满了喜悦。

旁边的路人看着哥，用奇怪的眼神！哥自然毫不介意！

立刻返回住处，多次回味刚才所经历的那种感觉，无比畅快。

但是……

这种喜悦仅仅是暂时的，不久，哥又为黯淡的心情所困扰。

是的，空虚！

"一月多月了，如此努力，却仅仅有一次相遇。如此计算，什么时候才能再次重逢呢？……"

每日都重逢，这就是哥渴望的心情！

"……苦恼也于事无补。明天开始继续坚持。不是有句话吗：终究守得云开雾散？"

锲而不舍，就是这种精神！"士别三日，当刮目相看"，哥也应当被"刮目相看"了啊！

这是什么样的心境变化？哥的原则发生了变化，心情如雨后的晴空，阳光灿烂！借着这股春风，进入了甜美的梦乡。

久违的甜美梦乡！

一觉睡到了天亮，如此酣畅的睡眠，如此快乐的早晨！

"啊！"伸了一个大大的懒腰，沉浸在欢快的心情之中。

"还是早起的好！"

朝阳是如此灿烂，有点炫人眼目。

一边眺望着朝阳，一边换上衣服。"今天继续去新宿！"这一想法跃上心头。

突然，哥意识到了一个问题："等一下！昨天产生同样感觉的时间，是下午两点，是的，没错！今天也集中在这个时间段，多穿梭几次试试看。"

第一次、第二次，什么都没有发现。但是第三次，突然间，那种感觉扑面而来。

！！！

"喔喔喔！"不由自主地发出了声音。

与此同时，势如怒涛的意识洪流——"身影效果"状态下，人分化为分子，实际上只能通过意识交流——涌过哥的心头。

"你是谁啊？怎么会在这里呢？每天都经过这里吗？明天还在这个时间点相会吧……"

对方应该是连珠炮般的发问，而且问了很多，但是哥能清楚辨识的，就是这四句。事发太过突然，心理也没有准备，哥只能做到这一点了。大家可以想象得到，对方的最后一句话进入哥的意识时，已经像飘过耳边的余音。

"尽管如此，还是……"

"不可想象，真有这样的事情……"

尽管早就翘首以盼，但是还是不能相信这是真的！实际上，当时，震惊充溢了哥的内心，几乎让人发狂。

抵达新宿后的哥，站在那里，一度茫然自失，过了好长一段时间才平静下来，如同往常一样返回住处。

"哈！"长长叹了口气。

"这意味着什么？这确实是留言吧。哥清楚地记得每一句话。'你是谁啊？怎么会在这里呢？每天都经过这里吗？明天还在这个时间点相会吧……！’是这几句话。……就在擦肩而过的瞬间，仅仅是几万分之一秒的瞬间，竟然传达了那么多的内容……那个人，究竟是什么样的人？从说话方式来看，应该是女性吧……”

所有的一切都是谜！

“不想那么多了，明天还在这个时间段去新宿，也许能够重逢，那时再确认吧。对，那个时候再确认！对了，那时哥也传送信息吧，说不定能够对上话呢！”

当晚上床时，哥对第二天充满了期待。那种控制自己内心兴奋的样子，即使是哥自己，也觉得有点像小孩子呢。

翌日！

掐着时间点，哥赶往新宿。

之前的那种类似于眩晕、然而却让人舒服的感觉再次袭来。与此同时：

“你是谁啊？”

“我是光夫，你呢？”

虽然显得慌慌张张，但是哥拼命回答，非常担心是否真正传递给对方了。不过这有点杞人忧天了，因为立刻传来了对方的回答：“我是珍丽……”

意识到此终止，无能为力！充满对下次“对话”（不知道是否可以这么说）和快感的期待，哥踏上了归途。

又是一个翌日！那种快感再次穿过哥的身体。

“机会来了！”哥一边这么想，一边抢先发话。尽管只是一两句话，但是依靠昨天的“对话”，哥已经大概掌握了对方的声波频率。

“你好，一切都好？”

"我一切都好！你呢？"

"我也都好。"

虽然只是交谈了一次，但是知道了对方与自己一样，也拥有相同的能力，这种意识，让哥产生了异乎寻常的亲近感。

哥继续说道："想见到你，非常非常想见到你。还是第一次对一个日子这么充满期待。"

哥自己也没有清醒地意识到，作为唯一一个拥有超能力者，遭受孤独感，以及被别人排斥的感觉折磨时，是多么的痛苦。也许她也有同样的感受吧。

"我也非常高兴与你相遇。从擦肩而过的第一天起，我每天都在这个时间点多次穿梭新宿……"

她与我完全一样的感受！正因如此，才有今天这样奇迹般的"邂逅"！

强忍着心跳："你多大了？很想知道呢，我二十二了……。"

"我二十了。"

"那你还是学生啊。"

"……"

听不到回答声了。好像对方不知道该如何回答，也许是有什么特殊情况？哥很讨厌强迫对方回答她不愿意回答的问题，就换了话题。

"你住在哪里？"

"……池袋。"

"很近啊。我们不要用这种方式，而是真正见一次吧。好吗？"

"……"

没有听到对方的回答。

超时了！意识的交流又中断了。

"不过，每次相聚，还是都能交流很多啊。"哥这么想。

与以声音为媒介的交流不同，从理论上讲，心与心之间瞬间可以进行无限的交流。虽然我们之间还没有发展到这种程度，但是也能进行大约一分钟左右的"对话"。与昨天相比，这已经是巨大的进步了。

虽然对方突然闭口不谈了，但是在意识中断之前，她还是把准确的相聚时刻告诉了我。

下午一点半！哥把这个时刻牢牢刻印在心头。

我们每天都在重复着心灵的约会。

相聚的时间，从物理角度而言，虽然仍然只是几万分之一秒，但随着亲密程度的增加，从精神的角度来看，这时间在不断"变长"。现在我们之间的"对话"，应该已经发展到相当于日常生活中十多分钟的对话长度了。我们的心灵，已经相通、融合到这样的程度了。

哥将该能力命名为"身影效果"，世界上存在着与我们同类者的可能性，迄今为止我所去过的稀奇的地方……

我们交流了很多。

随着了解程度的加深，哥越来越觉得她是一个好女孩。人品又好，又温柔，又坦率……即使仅仅与她交流，哥的心就变得平和、快乐。

她知识渊博，修养很好，什么话题都谈得来。只是有一件，只要一问到她的情况，或者告诉她想与她会面，她就会马上沉默无言。

虽然感觉有点奇怪，但是哥还是没有继续追问。无论任何人，都有不愿意让别人知道的秘密。如果这些被曝光，事情就会变得不可收拾，也会很无聊。

不知从什么时候开始，对于她，哥不但拥有强烈的"同胞"意识，而且越来越为她所吸引。自然而然地，心中萌发出一个愿望：见到真实的她，听到她真正的声音。

她并非看不起哥，而且好像对哥也抱有好感。但是每次提及见面的事情，她就变得非常坚定，虽然说话很注意把握分寸，但是绝对不会答应哥的要求。

哥只能坚持这种心灵的约会！

但是，我们的交往一直在持续，真是奇妙的交往。

4

接下来的日子。

可以说，现在哥的每天全都花在与她的相会上面了。哥已经完全屏蔽了外界的杂音，沉醉在这与世隔绝的世界里面。

她与哥的关系在飞速发展，越来越亲密。一周之后，我们之间的关系已经像恋人般地亲密无间了！

我们彼此向对方敞开了自己的心扉，每天约会！这一切都是那么自然，一切都是那么理所应当。甚至约好时间，一天多次相会。

进入这个阶段，对于我们而言，瞬间的擦肩而过已经如同一个小时那么长了。

美中不足的，就是从来没能一窥她的庐山真面目。

突然有一天！

享受完与她的约会、回到住处后，时间刚刚过了一会儿，突然，一阵意识的波涛强烈地冲击了哥。

！！！

这阵冲击波如此之大，以致将哥击倒在地了。平生第一次经受这样的体验！

与此同时，虽然微弱，但是她的意念清楚地传达给了哥："再见……"

在实施"身影效果"过程中，我们每次都能与对方产生精神感应，对此哥完全没有感到吃惊，但是，哥没有想到，肉体真身的情况下，我们也能进行心灵的对话。

尽管不敢相信，但是哥还是立刻集中意念，应声答道："是珍丽吗？怎么了？"

但是，没有收到她的任何应答。这可以说是意料之中的事情？"也许是哥的错觉而已吧。……只是，那个意念是如此清晰！"

越来越强烈的莫名的不安！但哥什么也做不到。此时此刻，能做些什么呢？只能被动地等待！

"是不是珍丽遭遇了什么不幸？……只要运用身影效果，几乎能够避开所有的灾难的啊，但是，万一……"

只能被动地等待而无能为力，世界上再也没有如此难熬的事情了。越想就越往坏的方向联想，陷入恶性的螺旋上升境况。

"等到明天吧，遇到珍丽后，一切就都清楚了。只能这么做了，直接问她好了。"

虽然哥在自我安慰，但是不知什么原因，也许是预知能力已经萌芽，哥心中已经清楚地意识到：再也见不到她了！

一个不眠之夜！第二天哥在同样的时间里赶到新宿，但是再也没有与她的意识擦肩而过。

"还是发生了不幸啊……！"

　　尽管已经有了预感，但是这还是一个很大的打击。哥强忍着失望和悲伤，行尸走肉般游荡在新宿。

　　"也许她只是今天不方便而已……根本不用担心。到了明天，肯定能遇到她，肯定……"

　　尽管已经明白一切都是徒劳的，但是哥还是不死心。

　　昨天她传送来的那个"再见！"信息，绝对不是玩笑。

　　"再也见不到她了！"内心撕裂般地疼痛，强忍着这一切，哥踉踉跄跄地回到住所。

　　不再徒劳地安慰自己了，伤心欲绝！

　　失去了唯一的同胞——这种痛苦，实在是太大了。

　　失魂落魄地躺在床上，双手双腿大张，活脱脱一个"大"字。

　　苏醒过来时，伸张开来的指尖，碰到一个干枯的东西。

　　"什么东西？"

　　一眼看过去，原来是报纸，被胡乱扔在那里的报纸。

　　失神状态中，下意识地把报纸拉过来，打开了生活报道那一面。

　　"轮椅女性死亡，恶性交通肇事逃逸事件。"大大的新闻标题跃入眼帘。

　　心中一震，眼光被牢牢吸引过去。

　　"难道就是这个事故？"哥目不转睛地开始读这个报道。

　　"下午两点多，在新宿车站后的路上，发现了一具女性尸体。据闻，报案人发现时，女性已经死亡。周围散落着该女性使用的轮椅，一片惨象。警察判定这是恶性交通肇事逃逸事件，目前正在进行调查。被害人竹内真理（20 岁），出生时腿部残疾……"

　　没错，我们总是用光夫、珍丽来称呼对方，不知道彼此的姓。哥听到的珍丽，肯定应该是真理！

　　两点钟左右，与哥心灵受到极大冲击的时间吻合。不说了，这些都无关紧要了，哥知道这一切都是真的了。

　　"哥和真理，都没有精神感应的能力。但是，她在临死之前，还是用尽了最后的力气，给哥告别……！"眼泪扑簌簌地掉下来。

　　"呜呜……"呜咽不止！

　　"但是，哥完全不知道她的腿部残疾，不知道她乘坐轮椅。……身影效果，是她不可或缺的必备能力。但是，即使这个超能力，最后关头也没能挽救她的生命。她被自己的能力背叛了，连跳入自己身影的时间都没有，就那么被碾压过去了。也许是轮椅妨碍了她的动作，太可怜了……"哥在自言自语。

　　"原来是双腿残疾啊！"还自诩脑子很管用，但却没有注意到这个问题。

　　"她之所以不愿意与哥直接见面，原因就在于此啊。"

　　对她的同情连绵不绝。

　　"她不应该担心这件事情啊。"这种悲伤和痛苦，实在难以自抑。

　　哥一下子站了起来，大声喊道："真蠢，真蠢啊！太蠢了！太世俗了！竟然因为腿有毛病而不愿意与哥见面！真是太蠢了！难道你认为，哥的心胸那么那么狭窄吗？"

　　哥忍不住再次大叫："真蠢，真蠢啊！"这是与真理的诀别！

　　在这个世界上，对于哥而言，她是无可替代的唯一同胞、恋人。失去了这个恋人，哥陷入了自暴自弃的境地，思想已经混乱，甚至对于那个哥最应痛恨的交通肇事逃逸者，也失去了痛恨。

　　"呜呜……真理……"只是不断念叨着她的名字，啜泣不止。

　　突然，啜泣停止了。哥仰望着屋顶："哥想去某个地方，某个非常遥远、遥远的地方……"

　　这种痛切的愿望，其实就是典型的逃避愿望！

　　"就这么定了！"

　　已经铁了心的哥，毅然决然地："不管哪里，遥远、遥远的地方，就去非常遥远、遥远的地方！"

　　在这个强烈愿望驱使下，哥纵身跳入自己的身影之中。没有目的地，漫无目的地实施"身影效果"，这还真是破天荒。到底去哪里，结果会如何？一切都无法预测！但是哥没有丝毫不安。

　　与通常情况一样的坠落的感觉——只是，这次的这种感觉，特别特别地长。

　　曾经有一次，哥去巴西，地球另一侧的那个国度，那次的感觉，虽然也很长，但也不过仅仅是十几秒。但是今天，已经过去一分多钟了，却不但没有结束，而且还在不断延续，似乎还要延续很久。

　　今天究竟会到达哪里？

　　神经正常的人，肯定会感到不安。但是，对于如今的哥而言，这些都是小事，哪管接下来是否洪水滔天？哥的心，早就充溢着深深的悲哀，早就没有容纳诸如担心之类杂念的空间了。——这就是所谓的"无之境"吧！

　　哥不断地在下坠着！

　　漫长的、似乎无边无垠的时间终于结束了，其实可能仅仅是过去了几分钟而已！可能是因为这个完全没有任何变化的、充满黑暗的过程实在让人很难忍受，所以才让人感觉时间很长了而已。看不到尽头的黑暗世界，而且只有悲伤陪伴着，这简直就是毒刑的折磨！

　　终于，可以看到一点光亮了！根据经验知道，落入这个光点，就能突破光环了。

　　就在这一瞬间！

"糟糕、糟糕！"哥大叫起来，但是，这次所发出来的"声音"，几乎没有成为声音。因为哥所到达的地方，根本就没有空气！

瞬间死亡！

哥死了！根本无法预测结局会如何，总之，哥死了，哥短暂的一生，就这么谢幕了……！

月球！

就在月球冰冷、冷漠的表层，一个男人，悄无声息地断气了！这个男人，拥有"身影效果"能力——哥自己所命名的，而正是因为拥有这个能力，哥无法逃脱死亡的命运！

"总之，先去得远远的。"在这个念头驱使下，最后一次使用"身影效果"的哥，正好遇到"月食"，而且是"月食"最严重的时候——哥到了地球的影子里，也就是月球的表面！

哥静静地躺在那里，神色非常安详！哥完全不知道这一切……！

船歌①

文／高野史绪　译／祝力新

"久仰，您就是最近大家都在交口称誉的新晋钢琴家 V 君吧？我是 H 博士。幸会！"

一位中年女性向我伸出了右手。她的鬓角已生华发，头发大约已经白了四成左右。但我并没有握住她伸过来的手！实际上，这并不是我无视了她，而是我假装自己没有注意到她伸过手来。但是我所采取的态度，又让她清楚地明白我是在假装没有注意到她。

"我出道后，在国际大赛中华丽登场并获得大奖，已经是十四年前的事情了，昨天我刚刚迈入三十三周岁。把我这样一个大叔说成是'新晋钢琴家'，与其说是赞扬，倒不如说是失礼了啊！"

H 博士神情一滞。

"啊……抱歉，祝您生日快乐！"

这不是说句祝贺生日就能糊弄过去的事情啊！我故意把视线从博士身上移开，叹了一口气。

---

① 肖邦在 1848 年冬创作的名曲《船歌》，日文名为《舟歌》。

　　"啊，算了！如今已经没有什么人在意钢琴家的履历了。对了，你所开发的音乐 AI，究竟是什么东西呢？友人只是推荐我来'参与测试'，其他的什么都没有告诉我。"

　　"我还以为您已经知道了，喏，就是他！"

　　博士转身望过去，那是一个安放在折叠椅上的像人一样的金色物件。

　　"他？"

　　我不由得反问道。H博士斩钉截铁地又追加了一句极为不妥的话，似乎要强调一样："这么讲岂不是很方便吗？因为我希望极端的女权主义者都去死。"②

　　"这是 P 君。请多关照。实际上，这只是一个经由无线网络连接的人机对话界面而已，终端在那边。"

　　隔着肩头，博士用大拇指指了一下，对面有一个巨大的玻璃窗，就像录音棚上面所安装的那种一样，里面摆放着几个硕大的方形箱子。我猜想，那些箱子里面所装的，是必须用冷却装置不间断降温的巨型计算机。

　　这份工作，是数日之前一个朋友突然介绍给我的。他介绍道，他熟识的一位厉害的博士发明了具有划时代意义的、前无古人的音乐 AI，希望我能参与测试。但对于这个音乐 AI 究竟是什么装置、具体是什么用途等，这个朋友也好像一无所知。只是听他介绍说，这

---

② 此处将人工智能称为"他"，而非"她"，有反女权主义之嫌，是主人公Ｖ深感"用词不当"之处。日语中对男性和女性的称呼区别使用"彼"和"彼女"，词汇与发音均有明确区别。

是一项"很棒的发明，可能会从根本上改变音乐的存在方式。总之，这是一项很棒的、非常厉害的发"！

我来到这里，并不是对这项"很棒的发明"感兴趣。只是因为，虽然这项测试工作仅仅只需要一个小时左右，顺利的话甚至会更短，说不定甚至只需要几分钟就能完成，但是对方却愿意支付超乎想象的大额报酬。如今这个世道，很少有人肯为钢琴家付酬金了。我算是一个末流的艺术家，但我也并不能靠喝西北风而活着。

我被带进研究所内一个还算宽敞的房间。这是一间比照公立中学的音乐教师教学模式建成的房间，里面摆放着一架小型钢琴，地板上铺着又薄又硬的地毯，地毯上摆放着桌椅。中学的合唱部和吹奏乐部进行练习时，往往会将桌子推放到教室后部，这里也是这样。P君被安坐在一把椅子上，周围还散乱地摆着一些椅子。如果用演员在合唱队所站立的位置来比喻的话，P君所在的位置，就位于男高音与女高音交界处的最前列。它被刻意制作成呆板的机器人形状，单从体型上很难区分是男还是女，金属胴体上闪烁着如同上等管弦乐器一般的金属光泽和少许哑光质感。机器人脸上的圆眼里面应该内置了摄像头，薄薄的长方形的嘴好像横切的一道口子，脸的左右两侧是开了洞的耳朵型浮雕，面部毫无表情。在学生时代，我们在上古典课时所欣赏的电影中出现的机器人，就是这个样子。

"莫非你所说的会作曲的 AI，就是演奏钢琴的机器人吧？"我习惯性地坐在了钢琴凳上。"这种东西早就泛滥成灾了。在对行人的感觉和感情进行了穷尽性分析的基础上，作曲 AI 所创作的音乐作品充斥着街头巷尾；至于演奏机器人方面，也早已发展到了甚至没有人能区分到底是机器人还是人类在演奏的地步了。在瓦格纳③的歌剧中，最知名的是鼎盛时期的弗里茨·翁德里希④和比尔吉特·尼尔森⑤的演唱。但是今天，VOCALOID⑥也已经可以用现代的方式来演唱他们的曲目了。还有，指挥 AI 也早达到了比'萨瓦利希'⑦更'萨瓦利希'的程度，也就是说，早就完美无瑕、无懈可击了。"正因如此，再没有人愿意聆听人类的演奏了。我的睡眠变得支离破碎，感觉到春季的大气失去了芬芳，自己的情感也日益麻木不仁了。我心中所剩下的，只有那无尽的焦躁，以及浅薄的感伤。"虽然我不是很清楚究竟什么是 AI，但如果你只是稍微做了改良的话，那恐怕还不能称其为前所未有的吧？"

"怎么可能呢？我是绝对不会发明这些无聊的东西的！P 君是聆听音乐的 AI。这是迄今为止，从来没有人想象过的终极音乐 AI。"

只要一遇到不快之事，我就会立马拉下脸来。这次也是如此，我还以为自己仅仅只是咧起了嘴角呢，但其实，咧起的嘴角根本没听我的使唤，讽刺的话脱口而出。

---

③ 威廉·理查德·瓦格纳 (1813-1883)，德国歌剧史上著名的古典音乐大师。他将传统音乐进行改革，创作了大量具有划时代意义的经典音乐剧目，使十九世纪浪漫主义歌剧发展到了顶峰。

④ 弗里茨·翁德里希 (1930-1966)，德语国家地区最著名的男高音歌唱家，被誉为史上最伟大的莫扎特男高音。

⑤ 梅尔塔·比尔吉特·尼尔森 (1918-2005)，瑞典歌剧女高音，"二战"后瓦格纳女高音的代表人物。

⑥ VOCALOID 是由 YAMAHA 集团发行的歌声合成器技术以及基于此技术开发的应用程序，用户仅输入歌词和旋律，程序就能自动生成唱词并配合加载伴奏数据，最终完成整首音乐制作。

⑦ 沃尔夫冈·萨瓦利希 (1923-2013)，德国指挥家、钢琴家，他对古典、浪漫、后浪漫主义均有涉及。

"啊？它会给我的演奏打分吗？评价我'好啊，真优秀！'还是'马马虎虎，七十二分吧！'难不成是卡拉OK！"

"根本不是这么回事！那与聆听音乐根本就是风马牛不相及的。不是您所想象的那样，他是聆听音乐的。所以，请您演奏给他听吧！"

我几乎脱口而出这句话：我根本不知道你在说些什么？但最终还是被我强行咽下了。这是因为，我已经收取了酬劳。

"你该不是用他来搜集我的演奏素材来加工成数据的吧？"

"您这种说法真糟糕！我根本不会用P君来做这样的事情。请您不要将他说成搜集数据的工具，那是对他的蔑视！"

"机器人做出各种反应来显示自己在认真倾听，从而取悦于演奏者，是这样的吗？"

"没有给他设置任何您所说的那种功能，很抱歉，他无法评论音乐。"

"那就是通过干预演奏者的脑电波和脑内物质，让他产生虚拟的满足感……？"

"这是根本做不到的！您是科幻小说家吗？总之，请您弹钢琴给P君听吧。"

H博士指着P君，说他才是听众，然后离开了房间。

我磨磨蹭蹭地打开了琴键的盖子。我也不想过多考虑，酬金我早就收了，而且其中的一部分也早就花掉了。我还没决定弹什么曲子。机器人君，你想听施托克豪森⑧还是泽纳斯基⑨的音乐，或者是广播

---

⑧　卡尔海因茨·施托克豪森（1928-2007），对战后严肃音乐创作有重大影响的德国著名作曲家，出版过音乐理论著作。

⑨　Iannis Xenakis(1922-2001)，罗马尼亚出生的法国作曲家和音乐理论家，二十世纪最激进和最重要的作曲家之一。

体操第一节的曲子？为了给手指热热身，我在键盘上往复弹了两个传统音节串，又往复弹了两个普罗科菲耶夫⑩的奇妙琶音⑪，弹了数秒半音阶的即兴音符。我的眼光越过钢琴，瞥了一眼那纹丝不动的金色人偶。

　　此时，我拿定了主意，突然弹奏起升 F 大调。升 F 大调的色彩填充满了整个世界，空气也随之发生了变化。定了定神，看了一眼 P 君后，我深深地吸了一口气，然后用足尖踩住右踏板，将左手伸向琴键中最低的音域，开始弹奏肖邦的《船歌》。

　　《船歌》原本是表现"刚朵拉"上男女之间甜蜜耳语的乐曲，但肖邦的这首乐曲，则是以让听众预感到壮大而甜美的孤独为序奏的，那是船桨切入水中的节奏。噔——噔——噔噔噔，噔——噔——噔噔噔——嘟！八分之十二拍。六个升半音合成令人惶恐不安的、带来不安感觉的升 F 大调。而乐曲主题则将装饰音散布得恰到好处。但开始频繁采用缥缈的六度音程之后，船桨的节奏就立刻消失不见了。但是，旋律的附加点与萦绕在听众耳中的节奏，仍然使音乐呈现着似乎在水面上浮荡的感觉。

　　进入乐曲的中间部分，转为呈现现实之感的升 F 小调和 A 大调，而音乐本身却更呈现沁润人的内心与梦幻的情调。似乎为那本来就不稳定的调子所吸引，乐曲里面点缀着许多临时性的音符记号，引

---

⑩谢尔盖·谢尔盖耶维奇·普罗科菲耶夫（1891-1953），苏联著名作曲家、钢琴家。

⑪ 琶音（arpeggio）指依序连续弹奏出一串从低到高或从高到低的和弦音，是钢琴学习基础课程中的重要内容，作为一种专门的技巧训练，通常被用于练习曲中。

发了听众的无限憧憬。这是梦，是的，是梦啊！是的，如此美好！不，不是一般的梦，而是夏日清晨的梦，是水花。听众为夜莺的歌唱所惊醒，突然为自己孤独地立于船头的孤独身影而黯然神伤。在乐曲的终章中，船桨的节奏与主题重现，无论是乐曲给人带来的随想，还是技术方面，均带有类似于波兰英雄舞曲般的强大力量，甚至让人产生一种狂暴的胜利预感。

"大珠小珠落玉盘"般的琴音带来梦幻般的感觉。演奏者与欣赏者真正达到了同呼吸、共感情的地步。肖邦无法在乐谱上表现出来的留白，如同鲜花借助琴键徐徐绽放。是的，就是如此！来吧！这音乐激昂高扬，把即将放弃的甜美哀伤与对胜利的信心完美交融在一起，从明快的属音转向主音，然后走入寂灭。

是的，就是如此！如此就好！我的脚松开钢琴踏板，随后用手按住胸口，抚摸着挂在亚麻衬衫上的圣母玛利亚勋章。不知过了多久，我才终于回过神来！时隔多年，我终于再次重温了演奏后手抚勋章的感怀与悸动。

那天晚上洗热水澡时，伴随着花洒流出的水流，我流下了幸福的泪水，尽情地享受着夜与雨的气息！自从参加钢琴国际比赛以来，这是我首次进入深深的梦乡，那是久违的舒畅与甜蜜！

自此之后，我每周都去研究所参与测试。H博士又开发了新的AI，这次是阅读小说的AI。我深切地体会到，这确定无疑是当今人类最需要的！

最后的"约翰"[①]

文 / 福田和代　译 / 刘金举

从舞台上射向圆形剧场屋顶的绿色镭射光线，以及射灯的闪耀，让人头晕目眩！我不由得微微眯起了双眼。

这个剧场规模很大，轻轻松松就能容纳一万人，人头涌动，在人的气息的影响下，室温至少升高了两度。座位很窄，而且座位与座位之间间距很小，如果是站着的话，手肘就会碰到邻座的人。空

---

① 本文中所出现的"约翰"和"莎乐美（文中颠倒为'美乐莎'）"，原典为《圣经·马太福音》，英国戏剧家、唯美主义代表人物奥斯卡·王尔德据此改编的《莎乐美》影响巨大。莎乐美是以色列希律王的继女，美丽绝伦。身为公主的她对先知约翰一见钟情，向他表达了爱慕，想得到他的一个吻。但她没有料到先知毫不留情地拒绝了她。在该剧中，在宴会上，希律王答应只要莎乐美公主跳一曲"七面纱舞"就满足她的所有愿望。结果，献舞之后，莎乐美要求杀死约翰。因为金口玉言难以收回，希律王百般无奈，只得命人杀死约翰，并将他的头送给莎乐美。莎乐美捧起先知的头，终于如愿以偿地将自己的红唇印在了先知冰冷的唇上，说道："你为什么不看看我。只要你看到我，你一定会爱上我……爱的神秘比死亡的神秘更伟大。"

气中荡漾着一种难以名状的、直冲鼻孔深处的强刺激性臭味，这与合着鼓点舞蹈、蹦跳着的观众身上散发的汗臭和香水味混杂在一起，简直要催人呕吐。

为了降温，从剧场的各处，时不时地向观众席吹着水雾。

舞台上，长着杨柳细腰的美少女三人组合，穿着类似于机器人颜色的银色紧身衣，极力挥动着手臂跳着、唱着，那手臂弯曲的尺度很大，看起来似乎马上就要折断了一样。这三个人，是本年度这个剧场的"祭司"，分别叫作萨拉、玛丽和拉娜。她们是"女神"，也是祭品，要执掌这个剧场整整一年。舞台的背面，悬挂着一台可以弯曲的大尺寸显示屏，镜头聚焦在三个"女神"的脸上，背景是绿、黄、红、黑色等洋溢着生命力的原色植物，显得特别艳丽。她们像背上长着翅膀的天使，不时地在舞台上飞翔，甚至能在空中静止两三秒，就好像被制成标本的蝴蝶一样。

"萨拉！"

坐在我旁边的年轻女孩子感动至极，一边哭泣，一边狂叫起来。只要有一个人领头哭出来，周围的人马上就像进入了竞争状态，挤满剧场的观众们就会合着音乐的节拍，一边大幅度晃动着身体，一边高高地跳起来。落到地板上时，似乎要把地板都击穿了一样。他们的感情已经达到了沸点，可以为一点小事哭泣，或者欢叫。热泪像涟漪般迅速扩散开去，呼唤"女神"名字的声音回荡在整个剧场。我周围的人，没有一个不流泪的。

好像只有共同经历了流泪这个"仪式"，大家才会感到安心一样！

我用力闭上眼睛，用自己的意志强逼着自己挤出眼泪，并把这眼泪一直滞留在眼眶里。因为在这种场合中，如果一滴眼泪也不流，会被视为怪人的。

被视为怪人，这是多么可怕的事情啊！

从小的时候开始，我就非常讨厌来"剧场"。因为在那时，我就已经知道自己与众不同了。

巨大的显示屏上，播放着柬埔寨吴哥窟、埃及万神庙、约旦佩特拉等古迹，以及火星、金星、木星等的照片。配合着各种视觉效果，这些照片不断浮现、不断飞逝。

"飞！飞！飞！"

"女神"们不断重复着单调的口号，听起来特别刺耳。她们在强制大家一起跳！我感觉恶心，甚至有撕开自己胸膛的冲动！观众们流着眼泪，合着音乐的节拍在疯狂地跳着！高一些，更高一些！跳！挥舞起拳头，再跳！

他们浑身是汗，头发蓬乱，好像吃了摇头丸，头在不停地前后晃动！

为什么我无法进入这样陶醉的状态呢？

我一边冷眼看着眼前的疯狂情景，一边下意识地咬着紧握起来的拳头。

从小就是这样！周围的人们，要么陶醉于音乐，感染于周围的气氛，要么沉醉于可爱的少女组合，陷入无比幸福之中。而我，却不但产生不了任何感动，而且还会产生想尽快逃离出去的强烈愿望。

有时候，我的脑海中也会掠过这样的想法：是不是我有点奇怪？是不是身体、头脑或者精神方面，从我出生时就有什么缺陷？

从懂事开始，我就一直不断地向自己发问，问的就是这个问题！

上了小学以后，我们就开始来参加"剧场"的活动。一年级第一次来的时候，看着拖着鼻涕、哇哇大叫的周围的同学，我脸色铁青，非常不安地站起来，一脸不满的神情，差点冲出剧场去。带队老师不但严厉批评了这么格格不入的我，而且还联系了我的父母，对他们进行了长篇大论的说教。从老师那里听到自己的独生子竟然有这么不合群的举止，父母也很不知所措。事态好像很严重，我知道母亲背着我偷偷地流泪！父母带我去了几次医院，医生建议他们还是先观察一下我的情况，并安慰情绪低落的他们，说这有可能就是一年级学生中常见的症状，时间久了，就会慢慢正常起来的。

明白了父母因为我的事情而竟然这么伤心，我感到无地自容，非常难受！

因此，下一个"剧场日"的时候，我特别注意自己的言行。我竭力追随和模仿周围人的感情，与他们一起歌唱，一起跳跃，一起流淌出虚假的眼泪，一起发出强装出来的笑声！可以装出这样的动作，当时我就那么早熟了！老师和父母也都松了一口气！但是，我从内心里对这种不得不靠演技来过的生活却深恶痛绝！

假如我能像大家一样来感受这个世界的话！换言之，就是当大家都流泪时，我也能与他们一起自然地流泪，那该多好啊！我的感受方式，是不是与其他人不一样呢？是不是在精神方面，我存在着什么缺陷呢？

我拼命地模仿周围的一切！尽管没有感到悲伤，却还是强挤眼泪！虽然没有感到快乐，却强颜欢笑！我伪装与周围人一样拥有同样的感受，并竭力让大家相信这一点。

是啊，这就是伪装，是戴着假面具的我！

伪装出来的感情，理所当然有不自然之处，这好像也被与自己亲近的人感受到了。上高中的时候，我交了一个比我低一个年级的、梳着高高发辫的女生，假装与她谈恋爱，但是很快就结束了。

当时她就说了这么一句话："师兄，我经常有这种感觉：你是在吃力地假装！"这句话，就像一句分手的台词，说完后，她就这么毫无留恋地离开了。

也许她根本不知道，她的感觉是那么正确！的确，我真的是在非常"吃力"地假装着这一切！

但是，我强烈希望自己与他人一样，我不能被别人视为异端！我这么希望，有什么错吗？

直到今天，我还是独身一人！

我的学习成绩很好，也考取了律师资格证，现在就职于城市里的一家大律师事务所！今天，虽然我已经搬出父母家单独生活，但是，我还是未婚。

"玛丽！"

"拉娜！"

观众席上，呼喊"女神"名字的大合唱震耳欲聋！在舞台上跳舞的是少女，但是观众席上却不分男女，大家都是那么兴奋、那么亢奋！为了融入周围，我也高举双手，呼叫着拉娜的名字，只是我的呼喊声却不是发自我内心的真实感受，是我自己强逼自己发出的，而且在这三个人中，拉娜年纪最小、最可爱，有点像我高中时代的那个女朋友。

我经常会莫名地感到恐惧，担心周围的人察觉到我的真实面目，然后用手指着我，说我是异端。我也曾经从梦中大叫着惊醒过来，全身直冒冷汗。

从懂事时开始，在我的印象中，"剧场"就是理所应当的存在。以促进国民的相互亲近和融合为目的，政府首先在城市里实验性地建立了这种剧场，然后渐渐推广到了各个地方。

突然，我想起来了，好像在什么地方看到过，古代罗马帝国，就是为了转移民众的不满，所以才充分提供了"面包和娱乐节目"等。

每月参加一次剧场活动，与其说是权利，倒不如说是义务。应该是有规定，如果不参加的话，就要受到惩罚，不过，我还没有听说过有人因此而受到惩罚。也许这个规定，只是城市里的一个传说吧。

如果真是那样，我即使不参加也没有问题吧——虽然我也曾经这么想过，但是幼年时代所形成的习惯是那么根深蒂固。即使我对这个活动是那么讨厌，但是一旦在脑海中形成"应该参加"这一思维定式，即使想要缺席，也必然会思前想后，顾虑重重。所以，我也没有产生过缺席的念头。

音乐进入了弱拍，三位"女神"走到舞台的边缘，摇动着双手，似乎在召唤大家"来啊，来啊"，观众的热情一下子迸发出来！一万多人都陷入了疯狂状态，将自己的一切全部奉献给了这三个站在祭坛——舞台——上的"女神"。

除了我之外的所有人！

这是多么可悲的而且让我无比悲哀的事实啊！

我很想与他们一样疯狂，即使一次也好，就仅仅那么一次！我希望全身心地、彻彻底底地体验那种发自心底的疯狂！什么也不考虑，就那么融入他们之中，什么也不想，一心一意地体会这种疯狂！那该是多么美好的事情啊！

为什么单单我一个人，享受不了这种快乐呢？

在学生时代，我就深深为寂寞所折磨！虽然专业是法学，但我还是阅读了很多自己能找到的心理学方面的书籍，想搞明白这个问题，我甚至担心过自己是否患上了某种精神病。精神病患者有时会呈现一种不近人情的一面——与他人的感情不同调，排除一切感情，不受任何怀疑地精打细算地生活。

我是否就是这样的人呢，没有感情、没有与他人感情同调的能力？

"希望，要被夺走了！"

音乐还在演奏中，萨拉对着麦克风，尖叫了一声！这也一下子惊醒了我！他们身后的大显示屏上，正在播放战斗机、导弹飞袭而来的画面，大功率音响设备传来的是炸弹爆炸和建筑物等受到破坏的声音，触目惊心！

"和平，要被夺走了！"

"保卫！保卫！"观众们整齐地踏着脚步！万人大合唱，响彻了整个圆形大剧场！

佩戴着黑色的防毒面具，身着黑盔黑甲的军服、手中端着武器的军人——看起来根本不像人类，一群群地从黑色的运输机上冲下来！毫无疑问，这些就是"敌人"！他们冲着观众开火，枪口吐着橘红色的火焰！观众席上传来一阵悲鸣，但更多的是愤怒的呼喊：杀！杀！杀！令人恐惧的杀气，渐渐融到这大合唱中！

杀！杀！杀！……

黑色的士兵，很快一个个被枪弹击倒在地！疯狂的观众们挥动着手臂，发出阵阵欢呼！

同仇敌忾，团结一致！这种强烈的感情，笼罩了整个剧场，将大家紧紧地团结在一起！

我在颤抖着，竭力控制自己不去堵住自己的耳朵！——一阵冷战侵袭了我！这种演出还是第一次！环顾四周，好像没有一个人对此感到异样！

扑鼻而来的气味更强烈了！这是我最讨厌的、剧场特有的、类似于药品的气味！我觉得很奇怪，为什么我周围的人，都没有注意到这点呢？我第一次对观众们的这种狂乱感到了厌恶，很想马上避开他们！

我所追求的，并不是这些，并不是！

曲调发生了变化，刚才还在叫喊着"杀！杀！杀！"的观众们，这次附和着台上传来的"嘿——嘿——"声，再次欢快地跳跃起来，一个个争先恐后地！

但是，我已经跳不起来了！

我放下了高举的手臂！茫然地盯着"女神"们，她们从舞台一端跑向另一端，沐浴着射灯和镭射光线！

如果照镜子的话，镜中的我，肯定是表情凝固，脸色铁青！——肯定与我小学一年级第一次到"剧场"时的情景完全一样！

"请问，您是'狩野律师事务所'的时雨先生吗？"

离开剧场，我终于放松下来，轻松地走在回家的路上。就在这时，一个火辣的年轻女性，叫住了我！

"您是？……"

上身着艳丽的橙色夹克衫，下身穿白色的迷你裙和袜裤，佩戴着去剧场才戴的装饰！这种装饰很重、很多，发出叮叮当当的声音！细长的腿，高高凸起的屁股蛋，一切都那么夺人眼目！

"你不记得我？之前我去过你们事务所，咨询过你关于离婚官司的事情。我叫'美乐莎'。"

她一边说着，一边在手掌上写下了"美乐莎"这几个字。

离婚官司？——这么说的话，也许是有过这么回事！前来狩野律师事务所的咨询者很多，我也无法每件事都记得很清楚。这个自称"美乐莎"的女性，看起来二十多岁，眼睛微微下垂，正是我喜欢的类型。好像确实有点眼熟，应该是在哪里见过！她来事务所的时候，穿的应该不是这件衣服。化妆和衣服完全可以将一个女性变成另外一个人！

"我也是刚从剧场出来，准备回去的。怎么样，您有没有别的安排？没有的话，一起去什么地方吃点东西吧。"

我现在完全没有什么约，回去也就只能睡觉，况且接受一个女性的饭局邀请，也是好事啊！而且，刚才这个令人作呕的演出也让我大倒胃口。现在与这个美丽的女性一起吃饭，喝点小酒，更是赏心悦目的事情啊！换换口味，对，就是这样！

"附近有一家风味餐馆，味道不错。去那里吧，怎么样？"我顺势向她提议。

那家店价钱不贵，味道也很有保证。美乐莎眼睛发光，微笑着点了点头："好啊，一切听凭先生安排！"

"不要用'先生'这个称呼，我只不过是一个刚入职的小律师而已！"

美乐莎自然而然地挽着我的手臂，迈步走了出去！听说在剧场认识的人，成功结婚概率翻倍！也许这是因为，在剧场时情绪亢奋，而且率意哭泣之后，心头淤积的痛苦等也完全消失了的缘故吧。

如果话谈得顺利、能够诱她谈出一点她离婚的事情，也许我就能够由此想起一些她的事情。但是每当话题涉及这个问题时，都被她巧妙地转移了。想想也是，与一个即将一起去吃饭的同伴谈她过去离婚的事情，是有点不合时宜。

在旁边的餐厅，我们吃了泰国风味的炒面和咖喱饭。喝了两瓶泰国啤酒后，我的心情变得欢快起来，觉得美乐莎也不是一个不苟言笑的人。这样的人，还真是很少见。

"今天的剧场，你感觉怎么样？"

　　美乐莎捏着佐酒花生往嘴里送，脸上布满了迷人的微笑。

　　"怎么说呢？今天这个三人组合，是第一次登台演出吧。"

　　"是啊，这样的演出，很少有呢！"

　　我心头不由得一阵紧张，好像感觉到了一点危险。只喝了两瓶啤酒，我还没有醉，但我是不是有点口风不严了？虽然美乐莎看起来像是一个好女人——再直接一点地说，她是一个很坦率很有气质也很优秀的女性——但是，对一个初次见面的人，还是不能全抛一片心啊。

　　"看了之后，我有点恶心！"

　　美乐莎压低了嗓门，说漏了一点自己的感觉。我忘记了刚才的自我告诫，向她靠近了一些："你说什么？"

　　她显得有些紧张，摆了摆手，好像有点后悔自己说漏了嘴："没什么，您不要往心里去！"

　　怎么回事？她也与我有同样的感受，对今天的演出内容感到不满？如果真是这样的话，那么她是我所遇到的第一个与我同类的人，都无法适应剧场氛围的人。我一直以为只有自己才是异类呢，说不定真有与自己同感的人？也许是大家都隐藏了自己的真心吧！

　　我心中的期待度大增！

　　我很想继续问下去，但太执拗于这个话题是不是不好呢？现在好不容易才营造了这个良好的氛围！

　　戴在耳垂上的蓝牙装置震动了一下！这种蓝牙，与手机终端连接在一起，当有信息或者电话进来时，就会通知机主。我瞄了一眼插在口袋里的电话终端，显示是一个来自不明用户的信息："马上去洗手间，回复这个信息！什么也不要说！"

　　怎么回事？

肯定是骚扰信息！虽然觉得很奇怪，但是由于喝了啤酒，看了这个信息后，我还真的想去洗手间了。

"不好意思，我去方便一下。"

"没事，您随意！"

美乐莎很随和地摆了摆手，真是一个懂事、有礼貌的女性！我离开座位，进入洗手间。蓝牙终端又震动了一下。

"马上从餐厅的后门逃走！"

说什么呢？

我环视了一下周围，男洗手间——这个狭小的空间里，只有我一个人，除此之外空空荡荡的！这个给我发来令人不快信息的人，究竟是在哪里观察着我呢？或者，就是胡乱发送，正好发到了我这里？

"这不是开玩笑，也不是恶作剧！你被人盯上了，赶快从后门逃走！"

我一下子火了！虽然不知道对方采用了什么手段，但是这种恶作剧性质也有点太坏了！我刚刚遇到美乐莎这样优秀的女性，这个人却教唆我逃跑？！

我收起手机，小便后回到座位上去。

"我们再到另外一家喝点吧，怎么样？"①

我鼓起勇气，邀请美乐莎。她的表情一下子灿烂起来！"不会给您添麻烦吧。好啊，那我推荐一间酒吧吧，就在附近。"

"好啊，就去你说的那家！"

------

① 日本人喝酒，往往一个晚上会连续到很多家餐厅或者酒店喝，依次称为二次会、三次会等。

美乐莎提议大家分担餐费。我很满意她这种爽快的性格，就说第二家就让她来请客，这里的餐费就由我来结了。

外面下起了毛毛细雨。

"下雨了！"

"你带伞了吗？"

"带了。不过这么近，我们跑过去就可以了，不打了吧。"

美乐莎拉着我的手，跑了出去。我也不知道在雨中奔跑会有什么乐趣，不过还是一边笑着，一边随着她跑。当我追上她时，她挽着我的手腕，笑着靠了过来。刚出来的这家泰国餐厅，面对着繁华大街，但是转过一个街角，就变得非常僻静了。

"追我啊！"

她松开缠着我的手腕，虽然穿着很高的高跟鞋，但是还是那么迅捷地跑了出去，转过狭窄的小巷，不见了。我正要追过去，就在这时，蓝牙开始持续地猛烈震动起来。

"这是怎么回事？"

耳垂都被震动得疼了起来，我拿出手机，仍然是刚才所见到的终端发来的，红色文字的信息，而且是好几条！

"不能去！"

"不能去！"

"不能去！"

信息内容都是一样的！

这究竟是怎么回事？

小巷深处传来女性的悲鸣。是美乐莎！我不顾信息的警告，跑到小巷深处，看到两个戴着长舌帽子、身穿黑紧身衣的男人，捂着美乐莎的嘴，正把她塞上一辆面包车。

美乐莎右手无助地伸向我，大睁着惊恐的双眼，好像在向我呼叫："救命！"

"你们干什么？"

两个男人将已经瘫倒的美乐莎扔到后座上！虽然还有一段距离，但是我也看得出来，这两个男人都是膀大腰圆、经常锻炼的人！而我，平时为了锻炼身体，也仅仅是多走一个站的路程而已，甚至根本说不上是运动。我看了一下自己瘦削的身板，感到一阵寒气涌上心头。

"绑架！有人吗，叫警察！"

我大声地呼救，但是既没有警察来解救，也没有体格健壮的男性来救美。不但如此，小巷两边还传来了关闭窗户的声音！这个世道，**谁都不想惹祸上身**！

只有靠我自己了！

一个绑匪坐到了驾驶位，一个绑匪，正要关上面包车后座的车门！

"不许动！"

我冲到后座那里，手探到了后门上！但奇怪的是，绑匪不但不扫开我的手，反而一把抓住，想要把我也拉进车内。那被帽檐遮住的眼睛冒着阴冷的眼光！我感觉到他在笑！

突然，我觉得有人从后面扯着我的脚，不由得大叫一声"哇！"

绑匪放开了手，我摔在了路面上。疼！我的下颚碰到了沥青路面，差点咬到自己的舌头。

"告诉你不要过去了，还去！傻瓜，快过来，快逃！"

我一边揉着渗出血来的下颚，一边扭头望过去。一个年轻男子，站在打开井盖的下水道中，向我伸着手。他一头短短的金发，像刺猬一样直直地立着，戴着黑框风镜。奇装异发！我怎么能与这样的人一起走呢？

"笨蛋！他们已经兜头回来了！"

回头一看，是啊！那台面包车，一直驶出这条窄窄的巷子，在前面路口强行掉过头，已经飞快地杀了回来。

"美乐莎还在车上！"

"别说了，快逃！"

那个男子一边叫着，一边作势要跑。确实是啊，我怎么可能打得过车上那两个狗熊一样结实的男人呢？

"我一定会找警察报案，带他们追回来的！"

我一边在心里向美乐莎说着"对不起"，一边跳进了下水道。我很想把井盖拉过来盖上，但那盖子实在是太重了，我根本拉不动。

"别管了，快走！"

那个男子站在呈筒状的下水道底部，向我招着手。我快速地下了梯子，一阵腐水的臭味扑鼻而来。虽然下水道里面很暗，但是男子衣服上发的光照亮了道路。一只肥胖的老鼠窜出来，差点被我一脚踩爆。那个男子已经跑了出去！

"必须报警！"

"笨蛋，他们就是警察！"

这时的我，真的有点丈二和尚摸不着头脑：这个男子，在说什么啊！

"带手机了？"

我拿出手机，结果被他一把夺过，狠狠地扔到了污水中。

"你干什么！？"

"你带着这种东西，会被人追踪的！"

我实在不能理解，自己究竟卷入了什么事情！还有，那些人为什么绑架了美乐莎呢？

那个男人所穿的发光夹克衫，是下水道通道中唯一的光源，我只能紧随着他一直往前跑。那个男子好像很熟悉这里的道路，也很习惯在这种通道中活动。他跨过水流，从细小的通道飞跑进入一条大通道。而我却是脚底发滑，一路上跌跌撞撞！不过，对恶臭气味我却渐渐适应了！人本来就能适应任何环境！

"就这里了！"

男子沿着一条垂直的梯子爬了上去。说实在的，看到他往上爬，我松了一口气！如果就这么沿着下水道一直跑下去，我都不知道我的鼻子和头会变成什么样。

男子打开井盖探出头去，确认了周围没有人之后才爬了出去。我看到他示意我也爬上去，就飞快地爬上梯子。不过，想到肯定有很多老鼠也是沿着这个梯子上下的，心中不由得一阵发冷。

"抓紧！"

借助男子的手的拉力，我爬到了地面上。那个男子臂力很大，比看起来不知道大了多少倍。他轻描淡写地把我从下水道中提了出来，然后把井盖复原。也不知道他是怎么操作的，原本发光的夹克衫，一下子变成了普通的灰色布料。

刚才我们应该是从繁华街道拐到了一条小巷，那个位置是城市的中心。我们是沿着什么方向、怎么跑到这里的呢？我们现在站在一个破败的小区的中庭里。在路灯的照耀下，男子那奇怪的衣服，也变得与普通的夹克衫、短裤无异。

"往这边来！"

戴着风镜的男子，好像非常熟悉这里的地形和情况，沿着中庭跑着！他的年龄，应该与我相差不大。

"你是谁？"

"我姓黄！"

他只是侧眼瞄了我一眼，再没有多说一句。我心中充满了疑问："到底是怎么回事？"

这里看起来是半个世纪以前所建的一个公共小区，已经老旧不堪，而且由于没有改建经费，就这么一直扔在这里了。黄带着我进入其中一栋楼。听说这里治安情况不好，所以我一次也没有来过这附近。不过很多窗口都透着灯光，应该住着人。

在三楼的走廊处，黄突然拿出喷雾剂朝着我喷射起来。躲闪不及的我一下子吸了很多进去，忍不住猛咳起来。

"你干什么！？"

就在这时，我发现沁入身体的恶臭一下子变成了人工的花香。原来是一种除臭剂！

"这么臭，无论到谁家，谁都会讨厌的！"

黄一边说着，一边也往自己身上喷了起来。

标着"三〇七"的房门开了，一个初中生模样的少女探出头，警惕地观察着我。

"你太慢了，快进来吧！"

"对不起，我是有点慢！"被黄催促着，我进了房间。

少女高挑着细长的眉毛，生气地说道："我还担心是不是连黄一起都被抓了呢！"

"我？我还没有那么笨吧！"黄一边笑着，笑容充满了自信。

这个家光线也不充足，过了一阵，我的眼睛才终于适应了。

房间很狭小！

这就是所谓的两居室，天花板很低，每个房间就像胶囊一样，面积很小。厨房内洗菜的水槽内堆着餐具，门口旁堆着可燃的垃圾袋，可以说，这是一个充满着生活气息的家。房间里面，除了我和黄以外，还有三个人。

"时雨，这是教授，这是小伙子，还有小姑娘！"

教授还好理解，小伙子，还有小姑娘？我不由得皱起了眉头。

他们三人，都冲我点头打招呼。看起来，他们的长相都与他们的称呼很吻合。被叫作教授的，是一个留着一口胡须（修剪得很有品位）、头发花白的男性，看起来有七十多岁了。如果他再穿件漂亮的衣服，也许真的会像哪所大学里的教授，但是现在他却穿着一件全身起球的毛衣，以及一条膝盖上打着补丁的裤子，这让我不敢苟同。被叫作"小伙子"的，是一个体格矮小的年轻人，看起来二十岁上下，身体敏捷；刚才训黄的那个初中生，就是"小姑娘"。

"没有被他们抓走，真是太好了！"

"小伙子"耸了耸肩。他白皙的脸上，连鼻头上都布满了雀斑。在别人眼中，这让他显得有点我行我素。

"他们是谁，为什么要绑架她？还有，你们是谁，为什么要帮我？"

面对我连珠炮般的发问，他们相互交换了一下眼神。"小姑娘"双手交叉放在胸前，似乎马上要脱口而出一些难听的话。教授止住了她。

"等一下。你到现在还没有醒悟啊，今晚他们的目标，是你，而不是她！她只不过是一个鱼钩罢了！"

教授在靠背椅上坐下来，轻轻地摇晃着身体。由于光线很暗，之前我没有注意到，这个家里，几乎所有的墙都被书架覆盖住了，上面都是现在很少见的纸质旧书。这些书山，掩埋了墙壁。

"鱼钩？"我不知道他的话是什么意思。

"小学一年级的时候，你被判了黄牌。从那以后，你一直被监视着。今天他们注意到你在'剧场'的表现，决定要给你改罚红牌了。"

教授竟然知道我一年级时候的事情，我不由得吃了一惊。而且更不可思议的是，他竟然知道我今天在"剧场"内的反应。

"你怎么会知道这些？"

"我们黑入了中央政府的通信网络，他们会通报今晚谁在'剧场'内反应异常了。所以，黄才赶过去帮助你。"

"你说的黄牌，是什么意思？"

虽然穿着很朴素，但是教授的举止却透出威严。

"'剧场'内偶尔会有一些孩子，他们没有与表演保持一致。如果这个孩子总是不顺从的话，那么这个孩子就会在无声无息中消失，而且是连同家人一起。你也应该听说过吧，针对那些不参加'剧场'活动的人，政府制定有惩罚条文。"

"但是，我没有听说过有人因此而受到惩罚啊！"

"你确实没有听说过。因为，那些对'剧场'活动没有任何反应的人，连家人一起，都会被清除掉的。"

真的有这种事情？我不由得有点瞠目结舌。如果真是这样的话，我就能理解为什么那个时候父母强逼我去看医生了。如果我再有一次不能融入"剧场"的举动，也许我和我的父母都会被杀害了吧。

"这是因为，他们认为，不能融入'剧场'活动的人，就无法拥有正确的感情？"我想起了以前在学校时所学习到的一些事情，忍不住反问了一下。

黄不满地嘟哝了一下："这些家伙的话，你也信？"

"你还别这么说，黄。你刚到我们这里时，不也是半信半疑？"

教授轻声阻止了黄，他只好打住了话头，但还是显出一副对我不满的样子。

　　"时雨，怎么解释好呢，这一切都是中央政府所制订的一项规模宏大的计划。"

　　教授从旧桌子的抽屉中，拿出一个东西，类似于香水喷剂。

　　"你闻闻看。"教授将里面的气体直接喷到了我的鼻子前。我吃了一惊。

　　教授也对着自己喷了一下，眨了眨眼。

　　"是不是感到有了什么变化？对我们的好感度，是不是提升了？"

　　"没有，完全没有变化！"

　　"不出所料。你也是对后叶催产素没有反应的人！我也是，在座的所有人都是。后叶催产素是人体所分泌的一种荷尔蒙，在血液中少量存在，其功能是提高对别人的信任感，让人产生爱。但是也有一种人，无论后叶催产素浓度多高，都不会产生反应。"

　　"在座的所有人？"

　　教授重重地点了点头。

　　我知道后叶催产素这种东西，这是因为之前我读过一篇研究报告，谈的是人与狗之间之所以产生感情，就是因为相互的眼光注视和交流，以及后叶催产素的作用。

　　"'剧场'就是一种共感装置。"

　　这又是我从来没有听到过的词语。

　　"很多人是将心灵、感情与肉体分开来对待的。你也应该是这种人吧。但是你有没有想过，心情变得沉稳，觉得某个人非常可爱；或者心情焦躁，想向谁发火撒气，实际上，这些都是作用于人脑的荷尔蒙发挥作用的结果。如果真是这样的话，换言之，假如存在着一种可能性，就是由于荷尔蒙的关系，会导致人的性格发生截然不同的变化，那会怎么样？"

教授一边神情平静地说着，一边盯着我的眼睛，好像要看穿我的内心一样。

感情与化学物质的关系！

我不知道人的心理活动完全取决于荷尔蒙，但是我听说过，患有更年期综合征的女性，之所以稍微碰到一点小事就大发雷霆，就是由于荷尔蒙分泌失调而导致的。

"比如，曾经有这样一个患者，是一个高龄男性，他因病入院了。之前他一直吃一种药，是一个性格沉稳、举止得体的绅士。但就是这么一位绅士，突然之间变成了一个性格暴躁、态度粗野的人，对护士的举止非常无礼。旁边的人都非常吃惊，探寻原因才发现，是因为他忘记吃药了。让他吃药之后，转眼之间他就又恢复成原来那个文质彬彬的绅士了。也许会有人觉得不可思议，认为人的性格和心理不可能就这样取决于这样毫不起眼的化学物质的影响。"

"你这么一提，我想起来了。我之前听人说过，经常用麻醉品的人，性格也会发生变化。"

"是啊，就脑子和感情变化之间的关系而言，脑子中被称为脑部扁桃体的、形状类似于杏的部位，就与人类对恐怖、攻击等的感觉密切相关。观察发现，被切除了这个部位的实验用的小老鼠，就这么无所畏惧地走到猫的身边，甚至咬了猫的耳朵。也有实验表明，由于事故或者疾病，这个部位受到伤害的人也无法识别和产生恐怖这种感觉。试想一下，如果制造出作用于这个部位、麻醉其功能的药物，会产生什么结果？是不是有可能制造出因为不知恐惧为何物、所向无敌的战士？——就是这么回事，人们都相信感情是真实存在、由自己的感受所引起的，但实际上，感情却是很容易被操纵的，比如通过喂人吃药啊、让人吸药啊等等的手段。"

“这与'剧场'之间存在着什么关系呢？”

教授一边恶作剧般地笑着，一边在堆满书籍和印刷物的桌子上做了点什么操作。在对面的白墙上（说是白色，其实已经有点泛灰了），显出了投影。

映在墙壁上的，是“女神”背后的大型投影影像，是三个化着浓妆的少女跳舞的投影。这不是萨拉她们三个，“女神”每一年更换一下，这是三年前的“女神”组合，名字我已经忘记了。但是站在中间的这个少女的脸，我觉得好像在哪里见过。

觉得就是刚刚才见过一样！

“这是在'剧场'内部拍摄的。”

我吃了一惊。教授说是在“剧场”内部拍摄的影像，但我知道，这是法律明令禁止的。

“你看看这个！”

画面显示的，是遍布“剧场”各个角落的雾状喷射装置。由于大批观众入场，室内温度必然上升。为了降温，时不时地会喷洒雾状液体。我就是因为讨厌这种有点怪味的气体，才总是尽力避开这种装置，坐得远远的。

“他们就是靠这种装置，向'剧场'内部喷洒药物的。”

“药物？”我不由得怀疑起自己的耳朵了。

“一旦进入'剧场'，你会不会觉得有一种奇怪的臭味？”

“是的，有时甚至会产生头疼的感觉。”

这是我讨厌“剧场”的一个原因。之前我一直觉得很奇怪，为什么其他人感觉不到。

“有可能是混入'剧场'空气中的这些物质所导致的吧。这里面有后叶催产素等荷尔蒙，还有刺激神经的其他物质。我不知道你为什么会感到头疼。'剧场'内所喷洒的化学物质，大体上是增加观众的感情、提升其信赖感，从而让他们对舞台上的'女神'产生一种近乎'爱情'的依赖感。这样就会将舞台和观众席连在一起，共感共鸣，并将观众的状态，引导向一个方向！"

朝着一个目的、一个方向，那不就是给观众洗脑？！

"尽管已经听教授讲了很多次，但是每次听到这些，我都忍不住义愤填膺，觉得他们实在是太卑鄙了！"

黄怒目圆睁，将一只拳头狠狠地击向另一只手的手掌。

"是啊，太卑鄙了。这种洗脑，不是现在才开始的，而是很早之前就研究的。但没有一个政治家试过这种洗脑。"

"那么——"

教授的话，句句深入我的肺腑。我感觉到，混乱的思维开始有了头绪。

"就是说并不是我有什么问题。我在'剧场'内感到身体不舒服，感觉与周围的人格格不入，也都不是因为我个人不好！"

"可能是你的身体与众不同，对在'剧场'内所喷洒的荷尔蒙不敏感。当然这并不是因为你坏，而是他们做了不应该做的事情。他们建造了作为共感装置的'剧场'，试图将民众的感情引导和约束到一个方向上去。估计'二战'时期的纳粹分子，听了之后都会抱有极大兴趣的。"

我还以为是自己天生的问题呢！

如果真是这样的话，那么，强加到我身上的这二十年的孤独，我该向谁要求补偿呢？

"大部分的人都希望能够与周边人一样，就是'从众'，而不是被排斥在外。你本人没有任何问题，只是因为未能'从众'而痛苦而已——估计你应该也注意到这个问题了。实际上，即使与周围的人有什么不同，也根本没有什么问题。每个人的立场和情况不同，想法和心情自然也会有所不同。这才应该是正常的状态！只有这样，这个世界才会五彩缤纷，充满乐趣。如果大家都是一样的想法，朝着一个方面发展，那这个世界也许就无法取得真正的发展了！"

我有点犹豫，摇了摇头。我还是希望与周围的人一样，因为这样才能够更加轻松地生活。

教授微笑着，轻声说道："你很直率。不过，除了将'剧场'设置为共感装置之外，他们还做了很多其他事情。"

"什么事情呢？"

"就是……"

教授的话被打断了，在这个地方永远中止了。

随着"砰"的一声响，教授背后的窗玻璃碎裂了，教授脸上浮现出吃惊的神情！就在这一瞬间，他穿着毛衣的胸前，一个通红通红的圆圈，在不断扩大。

"……！"

教授盯着我看了一会儿，然后又转向黄，似乎想要说什么，但是什么也说不出来，就这么向前倒了下去。

"教授！"

教授的身体，就这么直直地躺在了地板上，黄冲了过去。大家都不知道发生了什么。

透过破裂的窗户望出去，一个骑着飞行摩托、身着摩托服、手里握着枪的女人，站在窗外。

"晚上好，时雨先生。您连招呼都不打，就这么逃走了，太过分了吧。您不是答应请我去第二家店继续喝的吗？"

是美乐莎！

她的那张脸，就是刚才教授给我看的、三年前那个"女神"的脸，只是今天已经是成年人的脸了。

我的头脑中一片空白，什么想法都没有，就这么呆立在那里；黄在大叫着什么。突然，我受到重重的一击，意识模糊起来。

这就是死吧，我脑海中突然浮现出这个词。

耳边传来了电子门打开的声音。

我转动着眼球，想看看什么人进到了房间。过了好一会儿，我才看到是美乐莎！

"律师先生，您好。实验好像很顺利，您感觉好吗？"

我感觉没有什么异样！

我很想告诉她自己的感觉，但是由于我失去了呼吸器官，已经无法表达自己的想法了。也许专家们认为这才是最好的方式吧，因为他们不想听实验对象的抱怨。

"您的皮肤很光亮啊！"

美乐莎轻轻地笑着，脸靠近了放置我的四方形的树脂箱。红唇烈焰，还是那么美丽！

"我听专家讲了，他们已经发明了对您起效的药物。真为您感到高兴，您终于可以与大家一样享受'剧场'的快乐了。"

如果之前就发明了这种药物，那该多好啊！我脑海中，突然涌出这样奇怪的想法，唇边浮现出一丝微笑。

她好像要读懂我的想法一样，一直盯着我。

"可能您不知道，就是教授设计了'剧场'。虽然'剧场'现在的使用目的与他的初衷不同，但是他也有责任啊！"

是这样的吗？实际上，从专家们的话中，我已经推测到了可能是这样的了。虽然我无法说话，但是我的耳朵还是很灵敏的。

"你以前是'女神'？"我用强烈的眼神盯着她看。

她眯着眼，似乎在推测着我的想法，突然笑了起来："是不是你想起我以前是'女神'了，对吗？"

如果我能点头，那该多好啊！但是现在，我连这个都做不到，只能用眨巴眼睛的方式回答她。

"是的，我以前确实是'女神'，我们只能在'剧场'工作一年。毕业以后，我们就要成为中央政府的优秀特工。"

当然是很"优秀"的啊！在"剧场"内紧紧抓住那么多观众的心，受到他们的崇拜，支配他们的心灵发生变化，拥有这样经验的人，简直是凤毛麟角。对于一般的人而言，自由自在地掌控其他人的感情简直比登天还难，但是对于他们而言，那简直就是小菜一碟。

"但是，您知道建设'剧场'的真正目的吗？可能您仅仅意识到它是共感装置而已，是吧？"

确实如此！也许教授之前就是想告诉我"剧场"的真正目的，可惜就在他要说出来的当口，就被她射杀了。

"'剧场'是一种甄别装置，专门用于筛选像您这样无法与大家一起产生同感的异类分子，打个比方，就是类似于试纸一样的东西，用于鉴别您的真心。"

我觉得美乐莎的介绍很有道理。如果不能与大家产生同感——如果人群中混进了固守己见的人，当集团朝着一个方向前进时，这个人的思想就容易产生雪崩效应，从而导致集团的集体意识崩溃。

这就是"剧场"内设置监视装置的原因啊，甄别无法融入周围气氛的人！"剧场"就是这样的装置！

"您真厉害，竟然蒙蔽政府二十多年！"美乐莎笑得很有意思！

"我还是第一次见到您这样的'异端'分子呢！所以，政府也由此而对您充满了敬意。我认为，包括教授，你们四个人中，只有这点才最有价值了！"

从专家们的对话中，我知道了以下事实：在教授被射杀之后，我被美乐莎射昏。在我失去意识的那段时间，黄、"小伙子"和"小姑娘"都被杀死了。

而我，昨天被注射了新开发的药，并看了美乐莎他们那个时代的"女神"的录像。

我产生了无法描述的兴奋、无法描述的亢奋感！

我感觉体内充满了力气，不知道大家有没有体会过这样的感觉！——真羡慕大家！已经二十多年了，之前都是我一个人默默地忍受着这种无法体会到的痛苦。

而且，虽说今天我终于能够与大家融为一体了，但是我感受到的那一刻，我却是被关在研究室内，还是孤独的一个人！

"再见了！不过，我还会再来的，政府已经决定要让您复活，而且见到您，我也很快乐。毕竟，之前无论看到什么样的'女神'，您都始终无动于衷，但是现在看到我的录像，您却那么兴奋了！"

美乐莎把嘴唇贴过来，透过箱子吻了一下。她离开后，一个通红的吻痕，就一直留在我额头前方的位置上。这是"女神"的吻痕！

我很想贴近她的吻痕，忍不住流出了眼泪。不可思议的是，我还能流泪，虽然现在的我，只剩下了一个头颅！

氧气和头脑所必需的糖分，通过箱子下部直接被注入血管之中。药物也是通过血管注射进来的。由于没有了肺，我不能呼吸，也不能说话。因为对于专家而言，他们所需要的，仅仅只是我的"脑"而已。

美乐莎！

我这时才突然醒悟到，这个名字，无非就是一种通过调整字母的位置、改变文字意思的文字游戏。"美乐莎"，就是将《圣经》中的人物"莎乐美"改写为拼音后，重新调整和组合而成的新名字啊！

而我，就是被抓起来的"约翰"，这个被安放在箱子中的不幸的头颅！

推开眼前这扇门

文／堀晃　译／刘金举

厕所门外响起了敲门声。

由于紧张，我的身体不由得僵硬起来！天方夜谭，竟然有这样的事情？没理由啊！

因为，整个宇宙飞船里面，有且只有我一个宇航员！

就这么坐在马桶上，但我的身体已经做好了应付意外的准备。也许下一秒钟厕所门就会被打开！虽然我已经锁上了厕所门，但是，这是电磁门锁，只要在中控室内点击一下按键，就可以解除门禁的。在这样毫无任何提防的情况下，我也许会被什么东西袭击。

大家都说，厕所是宇宙飞船内最安全的地方，这是因为，飞船的外壳，加上环卫厕所的隔离墙，可以说为这个类似于胶囊的狭小空间加了双保险。不过，另一方面，正因为封闭，也导致在里面无处可逃。而且，里面没有任何东西可用作武器。

飞船正沿着"超空间航线"①飞行，所需时间不会超过一个小时。

———————————

① 科幻小说的术语，认为宇宙空间存在着扭曲现象。飞船穿过扭曲空间就可以瞬间到达目的地。

按照操作规程，我应该是坐在操作席上的。

但是，实际上我有一个坏习惯，就是在"正常空间"中完成3G加速、转入"惯性飞行"阶段后，我就会不由自主地产生尿意。

"是进来了偷渡客？……"

我屏住呼吸，隔着这薄薄的一扇门，竭力想探知外面的情况。

确认无疑，外面有人！

之所以一从"正常空间"转入"惯性飞行"，我就会产生尿意，我想可能是因为加速度的变化加速了大肠的蠕动速度。作为一个宇航员，这也是我唯一的不合格之处。

这次的飞行过程中，我又产生了这种情况。飞船刚一进入"超空间"，我的下腹部就感受到了压迫感。

虽说是沿着"超空间航线"飞行，但是在里面的人并不会感到紧张。如果从"通常空间"观察，飞船现在处于光速飞行状态，速度很快，但是对于飞船的乘客而言，由于是在飞船内，所以并不会感到与"惯性飞行"有什么不同，因为飞船内处于失重状态。这个时候，宇航员感到紧张的，只是"入口"与"出口"而已。

我离开操作席，沿着通道走向洗手间。

但是……里面竟然有人！

厕所门旁的"使用中"指示灯亮着。

起初，我还以为是显示装置出现了问题，但是当我转动门把手时，我发现门反锁了。

我返回操作室，通过监视屏进行确认。厕所内没有摄像头，但是温度感应器显示，里面确实有热源，而且里面的氧气也处于被消耗状态中。一切迹象表明，里面确实有"活人"！

"真的有偷渡客？！……"

但是这不可能啊！飞船内的生命体征监视装置一直处于不间断的工作状态之中，没有发现外来生物入侵的迹象，而且质量监控系统也没有丝毫的懈怠或者故障。航行在地球大洋之上的货船，还有可能被外来生物入侵，但是在宇宙空间出现"偷渡客"，这简直不可想象。人类开始宇宙飞行事业也仅仅只是数十年前的事情，在货物中虽然发现过尸体，但从来没发生过活物入侵的事件啊！

更何况，我的此次飞行，出发地是距离地球五十光年的无人空间基地，根本不可能混进活物啊。

"不会吧！……"我突然想起流行在宇航员之间的这样一个说法："出现了另外一个我？"

在"通常空间"中是观察不到沿"超空间航线"飞行的飞船的，只有等飞船再次出现时才能确认到它的位置和速度。在这个过程中，可以说飞船完全是在"黑箱"中飞行的，换句话说，就是处于"薛定谔的猫"[②]——"生死叠加"的状态中。还有，据说有时会出现"空间中的自我幻象"，简单来说，就是出现了"另外一个自己"。迄

---

② 奥地利著名物理学家薛定谔于 1935 年提出的、别名为"猫生死叠加"的著名思想实验：在一个铁匣子中放入猫、锤子、放射性物质铀和装有氢氰酸的瓶子。当铀发生衰变时，装置会松开锤子，砸碎装氢氰酸的瓶子，释放出毒气杀死猫。在该过程中，铀是否发生衰变的概率各为 50%，因此，盒子中必然会发生上述两个结果中的一个。但是外部观测者只有打开盒子才能知道最终结果。换言之，在盒子未打开之前，猫处于"生死叠加"的状态之中。这个实验旨在论证量子力学对微观粒子世界超乎常理的认识和理解，但其结果将微观不确定原理变成了宏观不确定原理，猫"既活又死"的状态与逻辑思维相悖。

今为止还没有一个宇航员遭遇过这种经历，不过也许是虽然有人经历过了却都不记得了。虽然这种"重叠"状态会在"超空间"中一直持续，但是一旦返回"通常空间"，基地就会重新观测到飞船，这种"重叠"会回归"单一"状态，穿越"超空间"返回的飞船和宇航员，就处于这样一种"单一"的状态中。

听到这个说法时，恍惚之间，我也产生了这样的想法：说不定以前我也有过这样的经历！在我的潜意识中，我似乎有过这样的记忆。

站在厕所门前，我犹豫不决。

飞船上没有配备武器，可以利用的，只有吃饭用的刀子和勺子。

但是，我不知道对方是不是怀有敌意。

犹豫来犹豫去，我抬起手，敲了敲门。

听到敲门声，我从马桶上站起来，开始整理衣服。

沉默，在继续着！

与刚才相比，我已经可以稍微冷静地思考问题了。敲门是一种礼仪，表明对方没有恶意，而是在确认我的存在。但是，我该如何应对才好呢？敲回去，还是保持沉默，一直等到对方从厕所门口离开？我觉得，尽快返回操作席才是我最明智也最优先的选择。

对方不是偷渡客。我想起了宇航员之间流传的说法。站在厕所门口的，难不成就是"另外一个我"？

如果真是那样，那么他应该回到中控室，用键盘操作来打开门锁。那我就一直等吧，等他返回中控室……

厕所内没有任何反应。

我可以从中控室打开锁，但是我就这么离开这里，合适吗？

　　如果我打开厕所门，会出现什么情况？如果真的有"两个我"，那么这"两个我"碰面，会出现什么情况？

　　是转瞬之间"合二为一"，是双方继续独立存在，还是其中的一方消失？……如果是其中的一方消失，那么，究竟是哪一方成为"观察者"，笑到最后呢？

　　操作手册上并没有解决这个问题的指南。最好的方法就是这么继续飞下去？那么，是不是由基地来决定"剩下的一方"？

　　站在门外的人不能离开！我下定了决心。

　　时间所剩无几了！

　　飞船很快就要飞离"超空间航线"，进入"通常空间"了，我必须就在这一瞬间返回操作席。但是，不能是两个人并排坐在那里！直觉上，我感到掌握通信线路的人才会处于"有利"的地位。

　　我不能等闲视之！

　　我靠近厕所，大声呼唤："喂，出来……！"

　　这声音，是我平常所熟悉的、我自己的声音。

　　我打开锁，扭开门把手，推开了厕所门……

梦祸

文／立原透耶　译／田静

一、古之真人，其寝不梦

黄载，是世上罕有的丑男。

黄载，字仁辅，出生于一个中层贵族的旁系支流，换言之，就是下层贵族家庭。据说，刚出生时，由于其长相太过丑陋，以致其母亲为之当场一度昏厥，其父亲也曾一度将他遗弃在桥上。但是这个婴儿命很大，他的亲伯母刚好路过那里，觉得这个婴儿很可怜便捡回了家。他的伯母寡居，之后抚养和照顾黄载。就这样，虽然被亲生父母所遗弃，但黄载还是平安地长大成人了。

对了，如果有人问，这个黄载究竟丑在哪里？那么，这个提问还是太小瞧这个问题了，因为他是无一处不丑。一只眼睛就像被挤破了似的弯曲着；鼻子扁扁的，看起来只是两个孔；丑怪的容貌，像是只从树上掉下来、把脸压扁了的猩猩；双手垂膝；双脚弯曲，而且还是朝外翻着；他习惯驼着背，身材比女人还矮；毛发浓厚，臂力奇大，从这一点来说，活脱脱就是一只大猩猩。用现在的话来说，就是出现了"返祖　"现象。在以后的朝代里，虽然也出现过由于长相类似于猿猴而被大家嘲笑的大文学家，但那完全不是可以同日而语的事情。

如果连一点本事也没有的话，那么黄载就只能在伯母的爱的庇护下，在家里帮忙做做家务，就这么默默无闻地度过一生吧。但是，老天赐给他了睿智。黄载不仅掌握了全部塾师的所学，还通过自学掌握了很多知识。不仅如此，他还能言善辩。一旦他开始高谈阔论，就会把周围的人都吸引过来。而且，周围这些人，还会聚精会神地听，生怕漏掉一个字。他那丑陋的身躯里，蕴含着无穷无尽的优秀才能。

在当时，王朝贵族掌控着社会上的一切。虽然三国归晋，也就是改朝换代了，但是由魏国的曹操等倡导所形成的"保护文学"的潮流，仍旧在社会上发挥着作用。王朝时代也是崇尚美的时代，不仅追求外观的美，也善于发现内在的美。这个时期所创作的诗歌，尊崇视觉上的美的效果，重视内涵意义，但更重要的是，文人们拘泥于修辞手法的运用。这种对美的孜孜不倦的追求，不仅限于部分贵族之间，而且也深深渗透到一般市民当中。

但是，无论当时的风潮再怎么崇尚美，如果只靠美，还是无论如何都无法进入政治中枢的。这个时代的政坛为名门望族所把持，其中心是五家门阀贵族。如果出生在这些名门望族家庭之中，就注定他们一生飞黄腾达。就算是这些名门望族的旁系支流，只要与他们之间存在着血脉关系，也会享受到特殊待遇的。

不是贵族，就不是人！

当时的人们，都对此坚信无疑。

这种社会背景下，那些与贵族扯不上任何关系的农民和商人，他们从一开始就对此不抱任何幻想；地位最尴尬的，就是五大贵族之外的普通的贵族们。即使他们集知识、教养于一身，有机遇发挥自己的才能，也无法进入权力的中心。

但是，为了生活，他们也只能想方设法挤进官僚队伍。目睹身边那些才华远远不如自己的毛头小伙子，仅仅凭借出身血统就一个个火箭般地升迁，这些普通贵族该是多么恼火和愤懑啊！

越是有能力的人，就越是想挣扎着往上爬。挣扎之后，他们就会深深理解这个黑暗的现实是多么地让人无奈！这个世界，就是如此不合理！

由于出生于一个下层贵族家庭，黄载本身就没有任何优势！加上这么一副"尊容"，即使从崇尚美的社会风潮来看，他本来也无望出人头地。但是黄载的内心深处有着强烈的、坚定的自负。他坚信，虽然自己的容貌很丑陋，但是自己的天赋不亚于任何人，不，应该说是绝对不输给任何人。

惜别依依不舍的伯母，黄载迈步走向京城，意气昂扬地！

虽然明知前途需要吃很多苦，并且已经作好了充分的思想准备，但是一开始，他所吃的苦还是大大超出了他的想象。越是临近京城，人们的审美意识就越强烈。他被大家视为妖魔鬼怪，为众人所畏惧、所嫌弃，甚至有几次差点被杀死。虽然经过艰辛的努力，他总算活了下来，而且总算要抵达京城了，但此时的黄载，已经深深地感受到自己的想法是多么地天真和不切实际了，他脑海中也一度掠过想回到伯母身边的想法。但是，到底是黄载，他最终还是否定了这个念头。到了这个地步，虽然只要低三下四、厚着脸皮，自己还是能返回老家的。但是，说是老家，那里关心自己的，其实除了伯母之外，再没有任何一个人了。如果就这样灰溜溜地回去，黄载肯定会成为众人茶余饭后的笑料！

"这是我绝对不能容忍的！我这么博学多才，不应该被埋没了。总会有那么一天，我会得到某个有权有势者的赏识！"黄载坚信！

但是，充满野心、满腔热血进京的黄载，甚至连一个满意的住处都找不到。虽然带着伯母的亲笔信，辗转求了好几家远房亲戚，但没有一家愿意收留他。他恨这个世界、诅咒命运、愤恨自己、憎恨他人。渐渐地，怨天尤人的黄载，面相变得更加凶恶，就连他那好不容易才外现的知性，也消失得无影无踪了。

黄载睡在一个荒废的古寺庙里，四处乞讨为生。尽管如此，他还是无法放弃自己的理想，天天徘徊在高官显贵的府邸旁。他也能痛彻地感受到自己的心灵在日渐荒漠化。

如果出生时不是这么丑陋的外貌，或许自己早就凭借自己的才能出人头地了。或许已经娶到了美姬，成了大贵族的上门女婿，正享受着荣华富贵呢。

虽然知道这一切都是痴人说梦，但黄载仍然每天都在做着这样的梦，并且沉浸其中而不能自拔。夜晚入睡后，黄载就会在梦中变成美貌的年轻人，拥有娇媚的妻子，为众人所爱戴，担任着政府要职。每天早晨一睁开双眼，黄载就会一边挠着长满虱子的蓬发，一边这么想："为什么梦里的自己是如此丑陋呢？"

事到如今，对于他来说，现实就是他梦中的自己了。现实中这个丑陋的男子，才是他梦里的丑男。他每天面带微笑地进入梦乡，和贵族们高谈阔论，交换意见，作为当代首屈一指的大辩论家，受到大家的交口称赞。对于梦中的他而言，没有任何东西是他得不到的。梦中的他，无所不能。

这件事情发生在一个晴朗的日子里。丑陋的黄载，如同往日一样，徘徊在城下，到处去乞讨食物。这时，一个年轻人乘着一辆马车过来了。

黄载不由得目瞪口呆！

这是一个美得令人瞠目结舌的美男子！皮肤白皙，脸蛋美得与女子不分伯仲。他携着弹弓，悠然自得地面带微笑，飘逸如天仙。

随着车子慢慢移动，女人们从城里的各个街道上跑出来！伴随着兴奋的尖叫声，水果和鲜花飞到了车子里。转眼之间，车里就堆满了水果。在当时，向异性投送水果或鲜花就意味着求爱。全城的所有女性，都在热烈地追求着这个美男子。

嚯地一下，黄载感觉到一股热气涌上自己的心头！

我是如此地丑陋，厚着脸皮如此卑微地在这个世界上苟延残喘！而那个年轻人却与我完全相反，仅仅因为天生美貌，仅仅因为这一点，就集万千宠爱于一身，而且没有吃过任何苦头！

这就是天命，就这么让人无可奈何！这怎么能够让人接受呢？

那个男子就是夜晚的我，白天的我，其实本来也应该是那样的。一定是那个男人夺走了我的这一切，用卑鄙的手段！

黄载在粪土中到处寻找，终于找到了一把坏了的弹弓。他仔细地除掉上面的污垢，模仿那个美青年，将弹弓夹到腋下。

嗯，就是这种感觉！黄载不由得得意起来。就这样吧，这么一来，那个青年和自己应该没什么区别了。夜晚的、也就是本来应该是这样的黄载，只要这么走过去，肯定水果就会像雨点般哗哗地飞过来！

心情突然大好的黄载，忘记了现在还是白天这一事实。他扯了扯破烂不堪的衣服，把弹弓夹在腋下，突然开始在大街上阔步前行。

那些女性的呼吸，在他听来就是陶醉的喘息，如同那呼啸着的风声，声声入耳；那些昏倒在地的女人，则是因为极度的激动，还有那些准备将紧握在手中的礼物投向他的少女，则是出于对他疯狂的爱，深情入心。

黄载沉浸在内心的陶醉之中。是的，我是美丽的、高贵的、才华横溢的文人，是京城所有的人憧憬和思慕的对象，所有的人都在注视着我的一举一动！

黄载昂首挺胸、威风凛凛地继续走着！

黄载所看到的情景确实没错，所听到的那么大的声音也没有错。

只是，意义却完全不同！

目睹黄载的过度丑陋而昏厥的女性们，由于感到过度的恐怖而哭泣、拼命叫喊的少女们！人们用愤怒的目光盯着他，开始将手里的东西投向他。

不过，他们所投的，不是芳香的鲜花，也不是甜美的水果。

投向黄载的，是充满恶意和敌意的石头，是马粪，还有那路边堆的肥料。

被拽回到现实中的黄载，只好咬紧牙关逃离那个现场。一片混乱中，也丢失了好不容易才捡到的弹弓。

傍晚时分，黄载的身影出现在河边。他全身湿漉漉的、茫然地站在那里！没有一个人向他打招呼。

到了夜晚，黄载终于松了一口气，因为一到了晚上，自己就终于可以从"噩梦"中醒来了，可以回到"现实的""美好的"世界了。现在可以把脸埋在温柔的妻子的膝盖上，像孩子那样撒娇了，也可以告诉她自己做了一个可怕的、绝对不想再重复的噩梦。妻子会笑着这样回答吧："现实赐予您太多了，相公，所以在梦里要保持平和的心态。否则，总有一天会遭到天谴的。因为我们太幸福了！"

即将入睡时，黄载突然感到，似乎庙里有其他人。在这小小的古寺庙里，难道还有另外一个人？想起白天所蒙受的耻辱，黄载慌忙用一只手遮住了脸。

"谁？"

没有回答，只有痛苦的呻吟声传来。是男的，而且听起来还是一位——老人。

战战兢兢地探头一看，黑暗中，一位老人蜷曲着身体躺在那里，在痛苦地低声呻吟着。

"您怎么了？"

老人好像已经无力回答黄载的提问。他披散着白发，发出抽泣一样的呻吟声。

他走近老人，一阵恶臭扑鼻而来。黄载不由自主地捂住鼻子、屏住了呼吸。

"我病了，"老人勉强回了句话，"全身长满了肿瘤。"

的确，老人的全身上下都肿起了，而且肿得非常奇怪，所有的肿瘤都在不断地往外渗着脓液。这就是恶臭的原因。

"身体里面呢？"

"没有。"

虽然是很短的对话，但是已经足够让黄载萌生某种想法了。

这位老人也是丑陋的、孤自一身的、孤独的。即使客死异乡，也不会有任何人留意到他的。

是的，这是一个和黄载同病相怜的人！

黄载心中油然而生强烈的怜悯：如果是鬼将这个老人作为"白天"的自己展示出来的话，那么，这位老人就是黄载未来的样子！

不能置之不顾，无法弃之不理。黄载将这个散放着恶臭、疼得直打滚的老人，看作了自己。

"您等一下！"黄载温柔地与老人打过招呼，拖着白天被石头砸得满是伤痕和瘀血的身子，走到河边。他找到一个容器，蓄满水之后，将破布头浸泡在里面。

他飞快地返回来给老人喝水，等老人呼哧呼哧的声音稍微缓和一些之后，又用湿布轻轻擦洗老人的身体。虽然老人发出了呻吟声，但什么也没有说。黄载好几次往返于河流和寺庙之间，将老人擦洗得干干净净。结果，那天晚上，他彻夜未眠。

最爱的妻子，人们的尊重，美貌的自己……这晚，黄载无法进入那个世界了。虽然仅仅只是一个晚上，但还是将黄载拖入了深深的孤独中。但是，与此同时，这也让他感受到了一种莫名其妙的充实感。竭尽全力为别人奉献，很奇怪，这也会给他带来舒畅的心情。

以前，每当看到朝阳升起，黄载心中都会充满怨气，因为这朝阳带走了"夜晚"、带来了"白天"。但是今天，他从没有感觉到朝阳是如此地耀眼，让他的心情如此舒畅。黄载惊讶地眨巴着眼睛。

"谢谢！"从背后传来了老人的声音。通过一个晚上的照料，老人的体力好像恢复了不少。

"感觉好点了吗？"对于黄载的提问，老人捋着脏脏的灰色胡须，弱弱地点了点头。

"您知道怎样才能治好您的病吗？"

老人犹豫了半天，终于从口中吐出了一些药名。这些药，黄载也曾听闻过，都是些非常名贵的药材，当然他是根本没有能力去购买的。正是因为知道这是黄载无能为力的事情，所以老人才不好意思说出来。

"那么，有没有其他方法呢？如果上山能够找到的话，我就想去试一下。"

听到黄载的话，老人微微睁开了眼睛，用颤抖的声音说道："我们昨天才碰到，你为什么对我这么亲切呢？"

"您和鄙人同病相怜！能在这里遇见也是缘分，请别客气。"

老人虽然一边咳嗽着，但说话却出人意料地清晰、明确。他直勾勾地注视着黄载。

"你不是有学问的人吗，怎么成了这般模样？有学问的人，一向是不理睬我们这种人的啊！"

带着苦笑，黄载一点点地介绍了自己的事情，从一出生就被父母遗弃，一直到最近的遭遇。他认为罪魁祸首都是自己的丑陋，还有，那些想象之中的美好始终只是自己做的白日梦，其实自己是存活在夜晚的，等等。

轻轻地叹了口气，老人动了下身子。脓肿破溃，阵阵恶臭袭来。

"其实啊，我的病，还有另外一种治疗方法。"

黄载抬起了头，望了过来。老人目不转睛地对视着他。

"就是有人帮我用嘴把这个脓液给吸出来。"

"你能做得到吗？"老人无言地注视着黄载，好像在询问他一样。

老人好像在告诉他，如果做不到，也不要勉强。

就连黄载也好像被老人的表情吓倒了，他呆立在那里。

就在此时，黄载内心中，好像什么东西发出了声音，产生了一种酷似看到耀眼的日出时的感受。

这个老人就是我，我就是这个老人。"白天"的我，与他完全一样。

"只要是我能做到的事情！"黄载的回答非常简洁。

黄载没有丝毫犹豫地跪倒在老人面前，把脸凑到散发着使人崩溃的恶臭的皮肤上。

他开始吸起了脓液。

半天过去了，黄载终于把老人全身的脓液都吸完了。他默默地漱了口，一下子跳进了河里，那气势，好像要把粘在全身的臭味全都刮掉一样。游了不一会儿，河面上倒映出一个人影。

黄载扭过头望过去，不由得大惊失语了。

本来应该是奄奄一息的那位老人，现在正身材笔直地站在那里，他满身的肿瘤、疮痂，还有脓液，全都无踪无影了！一袭白衣一尘不染，长长的白发和白须，如同洗晒后的丝绸般柔润光滑。

"这是……？"

老人向黄载伸出一只手。

"你也许可以成仙。"

"成仙？"

黄载愕然地抓住老人的手。那满是皱纹的手，转瞬之间竟然变成了年轻人才有的那种滑润的手。

"！？"黄载正感到万分不解时，老人突然不见了，那里站着的，是一个看起来只有二十多岁的青年人。他满面笑容，伸出一只手。

"我是李八百，这个名字你听说过吧？"

"李八百……仙人？那位、有名的，就是活了八百年的那位仙人？"

黄载听说过这个名字。传闻这个仙人活了好几个朝代，度过好几个凡人成仙，是传说中的神仙。

充满惊吓和敬畏，黄载就像得了疟疾似的，全身都在微微颤抖。

"你对这个人世间，已经没有留恋了吗？"

一瞬间，黄载绷紧了嘴角，没有出声，他没有办法马上回答。

在内心深处，他对自己才能的强烈自负复苏了。

即使长相丑陋，只要拥有这个才能，不是也有可能立身出世，获得名誉和荣华富贵吗？

但是，他不由得马上又凝视起倒映在水面上的自己的身影。由于波纹的原因，身影在晃动着，但是仍然可以清楚地看到，确实是太丑陋了，丑得甚至连自己都不愿意直视。

生在了崇尚美的时代，这就是最大的错误！

黄载叹了口气，就像从肺的底部竭尽全力挤出来似的，长长的、长长的、重重的一声叹息。

他闭上了眼睛。只有在晚上，他才能集荣耀和飞黄腾达于一身！

但是！

其实那只是一场梦，而且自己也一直坚信那就是一场梦！这个凄惨的自己才是现实的。

"求您度我成仙！"

那天之后，黄载的身影从城市中消失了！

在蜀国的深山中，在师父李八百的指导下，黄载开始了艰难的修行。起初是禁吃五谷，就是不摄取谷物，只吃松子和茯苓之类的仙药，从而慢慢地从肉身中清除掉污垢，净化自己的身体。一般情况下，这个修行需要很长时间，但黄载仅仅用了几年就很轻松地完成了。这是因为，到了京城之后，他就没有正儿八经地吃过食物，这反倒让他因祸得福了。之后，又让他修炼了特殊的呼吸术、导引法之后，李八百让黄载吞服了金丹。

"这就是五石散吗？"

在魏国时代，由于美貌的何晏的推崇和称赞，五石散成为广为流传的药物。正如名字所示，这种药，是经过微妙的配伍与调和，用五种矿物质提炼而成的东西，副作用也非常大。

看到黄载将金丹放到舌头上时那种战战兢兢的样子，李八百不由得大笑起来，笑得连肩膀都抖动起来了。

"欲成仙者，岂能惜命？所谓仙人，即为舍弃一切之人！唯有舍弃一切，方可悟道！"

自此之后，黄载再没有向师父提过一个问题。他对师父绝对信赖，一心专注于修行。

几年过去了！

那天，自从进入深山以来，黄载第一次做了梦。在梦中，他依然是大贵族的上门女婿。由于他长久没有归家，漂亮而又善良的妻子长吁短叹，最终病倒了；热闹的大宅院变得寂寥无趣，他的书房里也落了一层薄薄的灰。

听到黄载回来的消息，妻子满面喜色，立刻恢复了健康，家中的一切都变得如此明亮，人人脸上都布满了笑容。不知什么时候出生的、已经一岁半的儿子摇摇晃晃地走过来，结结巴巴地叫着"爸爸"。这个孩子，继承了自己和妻子的优点，天生就是一个美男胚子，让人无比疼爱。

"我错了！"抱着妻子和儿子，黄载不由得大喊着。

"我错了，这个世界，才是现实中的我应该大展宏图的世界！我怎么能够忘记这种幸福呢？"

就在这一瞬间！

黄载发现，自己就坐在那个肮脏的古庙里。

就是黄载在京城里一直住的那个荒废的古庙里！

"一步之遥！"耳边响起师父充满遗憾的声音，"你最终还是未能消除对现世的欲望，成不了仙人！惜哉惜哉！"

"求师父宽恕！"面对着看不见的师父，黄载拼命地叩头，在恳求着。

"除了成仙之外，弟子别无生路啊！"

"你最好放弃！这次是对你的最后一次考验，但是你彻底失败了！而且，受你的拖累，我也白白浪费了许多时间。"

这句话实在是太过残酷了。对于神仙来说，师徒之间的情爱等只不过是无用的负担而已。由于过度的沮丧，黄载甚至连站都站不起来了。

不过，沉默了一小会儿之后，师父又说话了。他的话中已经没有了严厉，声音也变得非常柔和。

"我这里有两个法术，你可以从中选择一个。用我教给你的这种法术，你就可以按照你的想法，在这个世上活下去。这样可以了吧。"

"两个——法术？"

看到了微弱的希望之光！黄载抬起泪流满面的脸，向上望过去。

"嗯，一个是摄魂术，可以招来生者的灵魂。使用这个法术，可以轻松地抽取出某个人的灵魂。还魂当然也是很简单的事情；另一个是替身术，可以替换人的灵魂和肉体，这样你就可以按照自己的愿望，将你所期望的对方的肉体与你自己的肉体进行交换。当然，这个法术也是可以还原的。你选择哪个呢？"

摄魂术？

还是替身术？

归根到底，这两个法术都只不过是旁门邪术。虽说自己还不够成熟，但是黄载还是非常清楚这一点的。尽管是邪术，但是师父还是要将其中的一个法术教给自己，这种心情让黄载非常感动。他感到，这是除了抚养他的伯母之外，第一次得到别人对他的关爱。

黄载用舌头润了一下嘴唇，打算慎重地进行选择。

就在那一瞬间，黄载脑海中，清楚地浮现出那手持弹弓的美男子的脸。

"我选择替身术！"

深深地低着头的黄载，嘴角上露出一丝残忍的微笑，那么令人毛骨悚然！

他早已没有任何犹豫了！

二、天之苍苍，其正色邪？

潘岳，字安仁，是一个以美貌与华丽的文采而驰名于世的青年。自幼年时起，他就由于才能出众，被人视为"神童"。但遗憾的是，他出身于一个地方贵族家庭，远离权力中心。由于郁郁不得志，这个对自己的才能与美貌充满自信的少年，便转头通过虐待父亲的部下的方式，转移和发泄心中的怒火。

不过，毕竟有实力，他最终还是如愿以偿，名气越来越大。虽然这个过程很缓慢，但是他还是一步步地踏上了通向成功的阶梯。由于血缘这个强大后盾，他"毫不犹豫"地堕落为阿谀奉承一族。而且他那恭维人的样子实在是让人看不下去，甚至到了连其母都不得不规劝他的地步："凡事须要知足！"

虽然潘岳一直被世人嘲讽为暴发户，但凭借着自己天生的聪明，他还是成功地取悦了当权之人。当时，还有另外一个通过阿谀奉承而获取了社会地位的，那就是字李伦的大财主石崇。无论是在野心还是境遇方面，由于均极为相似，因此二人意气相投，很快就成了好朋友。

为了炫富，石崇曾多次举办奢华的宴会。有一次，酒醉后的潘岳即兴赋诗一首助兴。那首诗，确实是一首好诗。

投分寄石友，

白首同所归。

《金谷集作诗》（《文选》卷二十）

当时，潘岳向石崇起誓，说与他的友情是永恒的。

潘岳和石崇，二人均以文采与圆滑趋炎附势于当权者贾谧，并获得了他的宠爱。贾谧收拢了一批才华横溢的文人作门客，并经常以此自夸和炫耀。其中他最宠爱的，就是被称为"贾谧二十四友"的二十四名文人。与最顶尖、最红的人为友，潘岳的虚荣心终于得到了满足。不仅如此，作为二十四友中首屈一指的美男子，他还成功地娶到了出身高贵的、贵族家族的女儿为妻。

在以贵族为中心的社会中，婚姻关系是一个人出人头地的重要手段。到了这个程度，可以说，潘岳已为自己铺就了光明的前程。小他两岁的好朋友石崇也是如此，他不但娶了波斯美女为姜，还将绝世美女绿珠养育成人后又纳为姜……二人均盛极一时，过着夜夜笙歌、灯红酒绿的日子。

不过，出人意料的是，虽然最初是出于"政治联姻"，但婚后的潘岳非常疼爱自己的妻子。原本是风流韵事不断的美男子，结婚之后却浪子回头，一变而为对妻子忠贞不渝的模范丈夫。潘岳写了很多诗献给自己的妻子，妻子也对他投桃报李，二人举案齐眉、鸾凤和鸣，成了世人交口称颂的鸳鸯夫妻。

而且，在结婚之前，潘岳时常会在某些方面不择手段地去追求，人品很差，一度被世人差评为"性轻躁，趋世利"。但在婚后，他也洗心革面了，让人刮目相看。

世上对他的评价越来越高！只要潘岳在大街上兜一圈，车里就会堆满水果和鲜花。他是如此受欢迎，以致城里的很多女性都在祈求上天：即使当不了他的正妻，哪怕当他的情人也心甘情愿。对他的爱慕与追捧，已经到了如此疯狂的程度。

迎来了鼎盛期的潘岳，意气风发，已经在行政方面拥有了一定的发言权。而且，权倾一时的贾谧是他的后台，他更加有恃无恐。但是他的好朋友石崇，却开始沉迷于聚财与奢侈的生活，热衷于炫富。

潘岳以为，这样的幸福生活将会永远地、永久地延续，子子孙孙也会世世代代地如此下去，他对此没有丝毫的怀疑。

就是此时，却发生了一件奇怪的事情！那是初秋时节。

一天晚上，潘岳做了一个奇妙的、令他很不愉快的梦。

在梦中，他成了一个又丑又脏、怀才不遇、无人喜欢、愤世嫉俗的男子。由于外貌极其丑陋，潘岳甚至开始怀疑自己的眼睛和神经。这是不可能的事情！自幼时起，潘岳就以兼备的美貌与才华而闻名于世，因此，他从来没有想象过自己会变成怪物一样的丑男子，哪怕仅仅是那么一瞬间。梦中的自己从粪土里掏摸出弹弓，模仿白天的潘岳的样子，既滑稽又丑恶，那样子令人作呕，甚至毛骨悚然。

到底是怎么回事？即将脱口叫喊出来的时候，潘岳睁开了眼，冷汗淋漓，全身都湿透了。睡在旁边的妻子，担心地为他擦干额头上的汗水。

"相公，有什么担心的事情吗？"

"没有，只是做了一个噩梦……！"

为了让妻子安心，潘岳微笑道。但是，他却感到脊背发凉，浑身颤抖。

虽然潘岳自我安慰那只是一场噩梦，但是从那天起，他好像每天都在重复着这个同样的梦。

十天之后，眼见潘岳日渐消瘦，好友石崇有些担心，便为他举办了一个家庭宴会。

"你到底是怎么了？有什么烦心的事情吗？"

石崇一边让爱妾侍奉着，一边问道。脸颊消瘦、眼窝深陷下去的潘岳啜了一口酒，真是美酒！

"最近我一直为噩梦所困扰。"

"是因为与贾谧大人相处得不好吗？"

"不，那倒不是。"

"嗯，据闻，不知何故，司马伦大人和贾谧大人反目了。但是，这与我们完全无关。吟诵美诗、美女侍奉、欣赏美物，这些才是我们的快乐、我们的全部。关心政治是没什么意义的。"

听了石崇似乎参透了一切的话语，潘岳微微一笑："并不是你所担心的那样，我只是一直做噩梦而已。我也让阴阳先生看过了，但是他只能判断出，这是一个不好的预兆。据说这是一个没有先例的事情。我被这个不祥的预感折磨得简直要崩溃了。"

"是一个梦？怎么能将这样的事情放在心上呢？梦只不过是梦而已啊，现实中的我们享受着荣华富贵！梦是正好与现实相反的，所以无须挂在心上。"

"但是，这很不吉利。而且，并不仅仅如此，虽然梦的内容是一样的，但是每次都会发生细微的变化。我是担心那个，那才是最令人恐怖的！"

"那么，我来买这个梦吧。据说梦这个东西，别人是可以出钱来买的。我来买你的梦吧。那样的话，无论是噩梦还是不吉之兆，就全都由我来承继了。"

"那绝对不行！我不能把不幸转嫁给自己的朋友！"

话说到一半就停了下来，潘岳大口喝起酒来。白皙的美貌上带着一丝忧郁，平添了一丝病态之美，美得让人寒战。

"而且这个梦的内容，也绝对不能告诉妻子。作为好朋友，那我来告诉你这个噩梦的内容吧。是的，大概是十天前的事情了。那晚我突然做了一个噩梦，在梦中，我成了一个丑陋的男人。大家都在嘲笑我、嫌弃我，为此我已经身心交瘁了。梦中的我，在嫉妒着白天的潘岳，认定是白天的潘岳，用卑鄙的手段抢走了自己的幸运，我开始憎恨世界，诅咒命运。"

"之后的每天晚上，我都在梦中变成那个男子，变成憎恶白天的自己的男人。"

"没办法啊，安仁，你是一个美男子，又有才华！只要是这个世界上的男子，自然都会嫉妒你啊。肯定是某个人强烈的嫉妒在折磨着你。最好是找一个巫师，为你消除诅咒才好。"

"如果单单只是诅咒就好了！"潘岳叹息着说，一边擦了擦汗。

"梦中的那个男子，虽然每天晚上只是一点点，但是确信无疑的是，他在慢慢地接近着白天的我。季伦啊，你知道吗？就在我睁开眼睛之前的那一瞬间，我能清楚地感觉到，那个男人，他的脸变得比昨晚更大了，他在从梦中慢慢地接近现实。总有那么一天——是的，总有那么一天，也许那个男子，真的会取代现实中的我！"

"不可能的，你只是太过劳累而已！"

听了石崇的话，潘岳只是凄凉地苦笑道："你是不会理解的！"

是的，他这样独白着！

第二天早上，潘岳的妻子突然死亡了，是心脏骤停。据说，妻子的死，让潘岳的脸由于恐怖而变得无比僵硬了。

三、其觉者乎？其梦者乎？

黄载由于自己的人生达到了顶点而得意非凡。他遵循师父的指教认真修炼，完美地掌握了替身术，并获得了巨大成功。虽然在替换潘岳的肉体的那一瞬间，他被潘岳的妻子目击到了，但庆幸的是，她突然发病，死于心脏麻痹。因此，没有人会怀疑潘岳的肉身里面，已经不是潘岳的灵魂，而是黄载的了。

潘岳是举世闻名的爱妻模范。为了蒙蔽众人，黄载假借潘岳的名义，吟了一首悼亡爱妻的诗。这是一首发自内心的、凄美绝伦的诗。

当然，这是黄载所作的诗。如果放在从前，世人肯定是不屑一顾的。这是因为，大家都认为，内在之美会现于外表。外表丑陋的黄载，其内心也必然是丑恶得令人作呕的。

但是，现在却截然不同了。大家交口称赞，形成一股热潮：到底是天才潘岳啊，这首诗凄美绝伦！

你们看啊，就应该是这样的！黄载的内心在呐喊着。

我的才能货真价实！如果潘岳是我这个外貌，是绝对出不了名的。外貌的区别，必然导致这样的差异。与当代首屈一指的潘岳相比，我的才能毫不逊色。

当然，由于躯体虽然是潘岳的，但精神却是黄载的，所以，黄载对迄今为止的潘岳的生活、人脉、性格等毫不了解。不过，黄载以因妻子的死为借口，说自己因为妻子的死大受打击而丧失了记忆，做了巧妙的伪装，不仅博得了世间的广泛同情，还大大提高了自己的声誉。这的确是最好的策略了。

石崇等"贾谧二十四友"前来追悼和安慰他时，黄载应对的态度极为得体、大度。他下定了决心：我不再是怨恨天命、憎恶他人的黄载了，因为我已经成了被老天眷恋的美貌诗人潘岳。我必须成为一个成功的人，一个受人爱戴的人，人格绝对不能卑微。

失去妻子的"潘岳"，开始刻苦钻研学问了。他基本上不再参加那些他曾经酷爱的宴会，与好朋友石崇的交往也逐渐减少，关系变得疏远起来。

"潘岳"与贾谧变得密切起来，而且在政治方面，他开始展现出从未有过的热情。人们对"潘岳"的变化感到诧异，大街小巷都在谈论着，这一切都是因为他妻子的猝死。

自从得到潘岳的躯体，黄载如鱼得水，开始按照自己的人生理想大展宏图。他甚至认为，这才是他原本就应该拥有的命运。只要他拥有潘岳的肉体，他就无须任何担心。因为，无论什么人都用仰慕的目光陶醉般地凝望着他，洗耳恭听他的高论，尊重他的意见，恭恭敬敬地对待他。

现在的黄载恍如平地飞升，觉得终于成了原本应该是的自己，终于获得了在夜间所向往的、梦幻的世界。

我绝对不容许失去这一切！黄载暗暗发誓。

之后，即使再做梦，黄载也都是从梦中笑醒的，因为都是美梦！

而真正的潘岳的灵魂，却在黄载丑陋的肉体里一直哭泣，在抱怨着：噩梦成真了！

不对！在梦中，黄载向潘岳喃喃细语道。

这才是真正的事实，潘岳！不，黄载，你就是黄载，我才是潘岳！你最好死心吧！你现在已不再做噩梦了吧，就此一点，你还不满足？你大可放心了。因为对于你来说，现实已经变成了噩梦。

很满足地眯着眼睛，黄载，不，是"潘岳"从梦中醒来了。

没有什么可担心的了！

　　应该是没有的！

　　数十年后，司马伦突然发动叛乱称帝。司马伦首先捉拿了自己的政敌贾谧，并将之处以极刑。当然，"贾谧二十四友"也都陷入了危机之中，因为他们一直受着贾谧的庇护。接到石崇传来的警讯后，"潘岳"的脸一下子变得苍白，"一莲托生"四个字一直盘旋在他脑海中，拂之不去。

　　但是，石崇却显得非常沉稳、淡定："镇定！镇定！我们只不过是诗人而已，并非是什么权豪势要，我们只不过是地位卑微的小人物而已！他们不会对我们感兴趣的。说不定，这次他们反倒会庇护我们呢。"

　　"潘岳"无法像石崇那般乐观，慌忙寻找逃生之路，当然，他也担心自己会在逃亡途中被抓获。但是，无论如何，他都想渡过这个难关！

　　然而，黄载已经完全习惯了作为"潘岳"的生活，他能想到的办法自然可想而知。就这样，虽然已经过去了好多天了，他却仍然一直没有寻找到什么有效的办法。

　　一天，正如所料，司马伦的使者来到了潘岳府邸。黄载一边毕恭毕敬地接待来使，一边窥探着对方的反应。这个自称孙秀的使者，是一个外表看起来十分猥琐的男子。的确，真的可以说是相由心生，他内心的丑恶完全表现在了他的相貌上，尤其是，他长着一双动物的眼睛，那是一双在不停地寻找腐肉的、凶残却又怯懦的动物的眼睛。

　　"好久不见，潘岳大人！"

　　听到这句话，黄载紧张得心脏都要蹦出来了。他是不可能了解孙秀和潘岳之间关系究竟如何的。是亲密还是敌对？什么时候认识的、在哪里认识的等等。绝对不能稀里糊涂地随口应答。

　　看到黄载不作声，孙秀似乎误会了他的意思，捋着胡须，说道："你已经忘记我了？我可是忘不了你啊！以前，我在令尊手下当差时，幼小的你，不知鞭挞过我多少次！你的借口多如牛毛，看我眼神不顺眼就用鞭抽，说我顶嘴就用棒揍。那时所蒙受的屈辱，我是绝对无法遗忘的，那遭受的痛苦，我是绝对无法释怀的！当时我就暗暗发誓，一定要向你报仇。从那时候起，这么漫长的岁月！今天，我终于可以报仇雪耻了！你的后台贾谧也已不复存在了，今后的天下，就是司马伦大人的了。有他的关照，今后我就要飞黄腾达了！"

　　"我什么也不知道！"黄载差点脱口而出，但他急忙咬住嘴唇，把这句话强咽下去。潘岳过去的罪行，与黄载没有任何关系。但是现在，他是百口难辩啊，因为他现在的肉体，就是"潘岳"的啊。

　　"抓起来，直接拖去刑场！"

　　根本没有审判这一程序。死刑！判给"潘岳"的就是处刑，直截了当！被吓得呆如木鸡的黄载就这么被拖到了刑场，像拖死猪一样。在那里，他看到了石崇。石崇也同样是被拖过来的。

　　"季伦，你也被带到这里来了啊！"黄载不禁大叫道。

　　"安仁，你也是这样？孙秀这个混蛋，竟然要我把绿珠献给他！谁会把自己的爱妾乖乖地转让给别人？因为我拒绝了他这样无耻的要求，他便以我有造反嫌疑为理由，把我带到了这里。这帮贪财好色之徒，就这样要置我于死地！没有天理啊！"

　　这时，黄载吟出了潘岳所作的那首名诗："白首同所归！"

　　"万万没有想到，本来是赞美友情的诗歌，竟然成了死亡的预言。我们真是共死啊！"

　　石崇绝望的笑容，却让黄载猛然清醒过来了。

　　难道就这样坐以待毙吗？

　　不！

　　要尽快想出对策！

　　突然，黄载想起了师父的话。这句话，这么长时间中，早就被他尘封在脑海的某个角落里了。

　　对，替身术是可以让自己回到原来的状态的，也可以多次将灵魂置换到他人的躯体内部的。对，先退回到自己的、就是黄载的躯体之内，然后再确定新的目标，再次交换肉体就行了。如果就这么一直地替换下去的话，一定可以永葆青春，可以永远保持美貌，可以长生不老！对，长生不老！

　　"怎么以前没有想到这个问题呢？"

　　原因就在于，不知不觉中，黄载早就这样坚信了：我是"潘岳"，自出生时起就是"潘岳"！他把自己是黄载时期的记忆，认定是自己年轻时候的噩梦了。正是因为这个原因，他才可以不去回忆过去的。

　　但事到如今，应该去回忆师傅所教的替身术了。

　　"押犯人！"

　　刽子手手持大刀，作好了行刑的准备。

　　"我先走一步！"石崇凄惨地诀别，被押过去了。出于惊恐，黄载全身都僵硬了。

　　我不想死，也不愿意死！永恒的生命、永恒的年轻、永恒的美貌，这一切都在等待着我！

　　镇定！镇定！黄载念起咒语。虽然替换到其他人的肉体中是需要时间的，但是还原到自己的肉体却是非常简单的，只要口念咒语就可以了。来吧！黄载调整了一下呼吸，开始采用特殊的呼吸法来凝聚体内的真气。

"潘岳！"

被叫到名字了。黄载被两边的士兵紧紧夹着拖了出去。

等一下，我还需要一点时间！再等一下，一点点时间就可以了！

黄载被按倒跪在了地上，刽子手就站在他背后！黄载能清楚地感觉到，刽子手已经高高举起了双臂，作好了准备！

只要刀挥下来，一切就都完了。

还原，赶快还原！

我要还原回去！

我的灵魂，要还原到黄载的肉体内部，那是一个丑陋的、愤世嫉俗的肉体，充满了绝望。

变回到黄载！

"斩！"

一声令下，屠刀无情地砍了下来！

黄载一下子睁开了双眼！

周围笼罩在黑暗中，身体也不听大脑指挥，整个肉体像一块大石头，沉沉的，一动也不能动！黄载如释重负，长长地吐出一口气。这是发自内心的舒心的呼吸！

没错，自己的意识很清醒！

也就是说，自己的灵魂，已经顺利地还原到了黄载的肉体里！

对于真正的潘岳，黄载觉得还是有点可怜。他现在应该像刑场的露水一样，已经消失得无影无踪了吧。

看起来，酒池肉林也是不错的啊！

就这样，黄载扬扬自得地徜徉在自己的各种幻想之中。

然而，随着时间的推移，黄载终于发现情况有点不对。

因为，虽然已经过去这么长时间了，周围还是漆黑一片。不仅如此，肉体和手指竟然一动也不能动。想试着转动一下脖子，可是脖子也动不了，甚至连眼睛都眨不了。

到底是怎么回事？

是生病了吗？黄载开始感到极其不安。如果是这样，那就不能慢悠悠地精挑细选了。无论谁都可以……对了，那个孙秀也不错。不管怎样，还是先转移到健康的肉体里，然后再慢慢寻找更合适的对象吧。

加快速度！黄载开始发功运气。

——然而！

运气没有成功。不仅如此，就连呼吸都很困难。

刚要叫喊，黄载这才意识到自己竟然没有舌头！

不，失去的，不仅仅只是舌头！

头发、肉、皮肤、内脏，这一切都消失不见了。

所有的这一切，都已经腐烂消失了！

剩下的，只有那已经发黄的枯骨。

黄载这次真是拼了命想大声叫喊。但是，虽然他想大声疾呼，最终仍然未能发出声音！他就这么悄无声息地消失在了泥土之中。

无法运气的黄载，自然无法使用替身术了。

虽然肉体已经毁灭了，但是黄载的精神还活着。他的精神寄生在那干枯的骨头之中，将会一直延续到骨头完全腐朽为止。当然，这需要漫长的岁月。

永远，永远！

黄载发出无声的悲鸣。

一位老人，在一座旧坟头上静静地供上一束花。

"哎，你这个糊涂虫啊！"

敲着腰站起来的，正是李八百。

"你以为，被禁锢在黄仁辅的肉体之后，潘安仁的灵魂会甘心吗，他能长寿吗？为了斩断噩梦，肉体被置换后，安仁就立即自杀了。"

侧耳倾听了片刻，老人深深地叹了口气。

"事已至此，我也别无他法了。你这就是自作自受啊。你本来就没有仙骨！"

老人转过身去，遥望着远处那隐约可见的小巷。

"好了，我也要去寻找新徒弟了。"

老人消失得无影无踪，就如一股青烟！

留下来的，只有那座旧坟头！

孟婆汤

文／福田和代 译／刘金举

"小黛，结婚纪念日买这么高档的红酒，你也真够浪漫的啊！不过，凭我们的工资，能买得起这么贵的酒吗？"

与我一个组的尾高，从百货店的购物袋中拿出那瓶红酒，翻来覆去地看着，一副爱不释手的样子。我故意装出一副不耐烦的神情提醒他："别给我打碎了！"虽然是半遮半掩，但这句话，一半也说出了我的心声。今天对于我黛宪彦来讲，是一个值得纪念的大日子，如果打碎了，今天晚餐的饭桌上没有这瓶红酒，肯定会大大影响妻子的心情。因为这是妻子黛爱生最喜欢的红酒牌子，而且求婚那天，我拿的也是这种酒。今晚是我们的结婚纪念日，我们约好了举办一个纪念晚餐的。

半年前，我们夫妻俩遭遇了一次车祸。车祸很严重，以致我们对这次事故的记忆都非常模糊。谢天谢地，我们俩都生还了！今天是事故后第一个结婚纪念日，虽然是小规模的，但是我们还是想借助这个仪式好好庆贺劫后重生。

尾高比我早一年入职，是公司的前辈，但实际上，我们是同年生人。只是，他一帆风顺地从大学毕业，而我则留了一级。在公司里我们形影不离，早就好得不分彼此了。

"所以，无论如何，今天我都不会加班，要早点回去，老前辈！"

"也就是这种时候，你才把我当作你的前辈看待！"

尾高对着电脑，摆出一副生气的样子。这是公司统一配给员工使用的手机型电脑，大小就像饭盒那样。个子魁梧的他，面对这种电脑时，给人的感觉就像一头疲倦的大熊，不得不蜷曲着身子坐着，显得有些滑稽。如此魁梧的人，之所以也能轻松操作这种电脑，就是因为现在的电脑早就淘汰了键盘——那种很久以前人们所使用的操作工具。今天，人们只需要戴着一个薄薄的头盔，就能将自己头脑中所思考的内容，比如程序符号、模型图等直接传输并显现在电脑上。如果想对部分内容进行细微的修正，就可以借助戴在手指上的微型设备，通过手指的移动来完成。这是ＢＭＩ（Brain Machine Interface）技术，也就是人机对话型的输入装置。

这种技术，原来是为视力不好，或者手不方便的人开发的，方便他们不借助键盘，而是将脑海中所思考的内容直接转化为指令输入电脑，结果却在懒人中大受欢迎。

"最近系统开发科转过来的程序存在太多系统漏洞了。我打算采用黑盒测试（Black Box Test）①方式从头检测。明天慢慢做！"

我们俩隶属于开发科的测试部门，这是一个将从事开发的各个

---

① 也称功能测试，即将程序看作一个不能打开的黑盒子，在完全不考虑程序内部结构和内部特性的情况下，在程序接口进行测试。特点在于着眼于程序外部结构，不考虑内部逻辑结构，主要针对软件界面和软件功能，只检查程序功能是否按照需求规格的要求正常使用。

部门所编的程序合在一起，然后测试其是否能够按照设计图纸的要求正常运转的部门。听说最近开发部门主要人员发生了变动，招收了很多新员工。也许是因为这个原因，最近他们送过来的程序中，存在很多系统漏洞，搞得我们非常被动。如果这种情况再持续的话，我们打算提出建议，要求他们对开发人员进行再培训。

尾高重重叹了口气，塌下圆圆的肩头："真是没有办法，这个世界到处充满了系统漏洞啊！"

尾高的这句话显得高深莫测，有点哲学警句的味道！我锁上办公桌的抽屉，抱着公文包和红酒，离开尾高，走出办公室。今晚，不管谁说什么，我都会义无反顾地准时下班回家。

路面电车正好通过我们公司门前，我跳上了车。我的邻座是一个比我年长的人，他在读电子版的新闻。由于坐在那里无所事事，虽然没有想偷看的意思，还是不经意间瞄到了一些内容。

"沃德电机公司内部机密泄露，十二人判决有罪。""八王子附近发生电车事故，死七人、伤十八人。"太糟糕了，这个世界上太多系统漏洞了！生产电机的厂家，其开发人员因为泄露了新产品的秘密而被判处"工业间谍罪"；路面电车的司机，由于疲劳驾驶，导致电车撞上卡车，虽然事情已经发生两天了，但是遇难者人数今天还在增加。与刚刚发明蒸汽机、开始产业革命的时候相比，人类虽然在利用科学技术方面取得了巨大的进步，并且已经极大改变了社会，但是为什么还是不能根绝这种失误呢？

从人口总数开始下降那天开始，在这个国家的城市中，就开始了"城市集中化"运动。这是因为，如果继续分散居住的话，小区空洞化现象就会更加严重，但如果集中在城市中心居住，不但方便维护基础设施、提供基础服务，还能大大节约成本。随着这个运动的扩展，在广大的边远地区，连接各地区之间的铁路开始消失。而在城市内部，公共汽车和路面电车则不断增多。今天，城市里的高楼密密麻麻地集中在一个区域，而众多的人，就如同蚂蚁一般，生活在这些高层建筑中。

现在这个世道，一切都是先算经济账，一切都以减少成本为前提！

"我回来啦。"

我们家在一栋高层公寓楼的七楼，乘坐路面电车的话，距离公司五站路。我从花店买了爱生喜欢的橙色花束，乘坐电梯上楼。

"你回来啦！"

一进家门，诱人食欲的香味就扑面而来。爱生手里端着带盖的煎锅，抬起被热气熏得发红的脸。饭桌上摆满了美味佳肴，虽然是四个人的桌子，现在都显得有点小了。她喜欢做菜！

包括我，我们全家人的行动，还有所在地的情况，都会通过 GPS 及时传输给电脑管家。电脑里面安装着根据主人的日常行动模式进行推算的软件，可以推算主人的行动，从而自动设定吃饭和烧洗澡水等的时间。所以，只要主人一到家，自然就可以准时上菜。

"哈哈，到底还是去了花店！"爱生得意地笑着，接过花束，深深地闻了闻花香。这束花里搭配着大丁草、玫瑰和康乃馨。看到她的笑脸，我也非常开心！

"舞子说你肯定会去花店，晚十分钟才到家。"

"就像夫人说的这样！"

传来一个温柔的年轻女性的声音，说话态度非常谦恭。这是舞子的声音，是电脑合成的声音。但是在做事方面，它却像高级女佣那样细致入微、面面俱到。公寓导入"电脑管家"时，允许大家自由选择男性版或者女性版的声音。爱生喜欢女性版，所以我们就选了女性版，舞子就是系统出厂时设置的名字。对了，舞子进入我们家已经半年了，我还没有告诉它今天是我们的结婚纪念日呢。

"爸爸回来了！好香啊，什么饭菜？"

儿子阳斗从"孩子房"走了出来，好像是被这香气吸引出来的。

"阳斗，今天是你爸爸、妈妈的结婚纪念日。我可不希望听到你说忘记了啊！"

从厨房传来爱生开朗的声音。

"结婚纪念日？是啊，今天是爸爸、妈妈的结婚纪念日呢！"阳斗显出难为情的样子。也许进入初中阶段后，对于父母的结婚纪念日这样的词语有点神经过敏吧。

我把红酒瓶放到桌上，脱掉上衣，返回饭桌。大人举起红酒杯，阳斗举起果汁杯，全家人一起干杯。

"先生、夫人，结婚纪念日快乐！舞子牢记着你们的结婚纪念日呢。"

听到麦克风里传来的舞子那可爱的声音，我和爱生相视一笑。爱生喜欢这个牌子的红酒，散发着无花果和肉豆蔻等香料的香气，含在嘴里，水果的甘甜就会长久地保留在舌头上。虽然价格有点高，但是味道确实不错，难怪她很早以来就喜欢。如果让"电脑厨房"发挥，虽然它也能做出色香味等方面完全不亚于专业大厨的菜，但是由于爱生在这方面历来都舍得花功夫，在她的指导下，舞子的饭菜越做越好，今晚她指导舞子做的饭菜就非常好吃。阳斗好像早就饥肠辘辘了，在贪婪地啃着排骨。

"这个孩子，吃相真难看！"

爱生溺爱地看着阳斗，微笑着说。

真是无比幸福美满的一天！

"身体不舒服？"

尾高一直打着喷嚏，不停地擤着鼻涕，呼吸也显得很痛苦的样子，让人看着就觉得难受。我扭头看过去，见到他眼睛通红，忍不住深深叹了一口气：感冒的棕熊，就是这个样子吧！虽然个子特别高，但是尾高性格沉静，简直就像一只小兔子。在学生时代，他打美式足球，在比赛时受了伤，左眼下面缝了七针，留下了疤痕，这往往会让初次见到他的人产生莫名的恐惧感。

"最近睡得不好。也许是睡仓出问题了。"

他边说边用手指按摩着眼睛。

"这样不行啊，赶紧找人修理一下吧。"

"已经联系了，但是修理员一直来不了。也许是最近太多睡仓发生故障，他们太忙了吧。"

尾高一边艰难地呼吸着，一边拿出维生素片，也没有喝水，就这么放在嘴里咀嚼着吞咽下去。刚才与尾高说话时，我没有告诉他，最近我睡眠质量也不好。有一项研究表明，睡眠不足所导致的整个国家的经济损失，已经达到了数兆日元的规模。为了提高人们的睡眠质量、挽回损失，人们才开发了这种睡仓。简单来说，就是一个类似于蚕蛹的东西，睡在里面的人，可以借助睡仓调整睡姿，改善血液循环，保持呼吸顺畅，从而有效提高睡眠质量。还有，睡仓还能测量人的脑电波，计算人的睡眠时间，在对人体最有利的时候把主人叫醒，所以大家已经根本不需要闹钟了。而且，根据主人的设定，睡仓还能在主人睡眠期间播放促使 α 波产生的音乐。在我还是孩童的时代，这种睡仓价格非常昂贵，一般家庭根本使用不起。不过这几年价格开始大众化，一下子就普及到了整个社会，甚至到了不用睡仓就会被视为怪人的程度。不过，使用后确实会大幅改善睡眠质量。

"没有办法，这个世界上，到处都是系统漏洞！"

尾高一边说着——这已经成了他的口头禅，一边弯着身躯对着电脑画面。我的心情也不由得郁闷起来，因为我负责测试的程序里面，也存在着太多漏洞。我们已经向有关部门投诉，说现在系统开发部门已经堕落成了门外汉的聚居地，但是他们只是向我们解释，说由于招收了许多新人，所以效率低下了，却并没有任何改善。

不仅仅是这些！

最近，我也开始做奇怪的梦了。虽然一睁开眼就会忘记所有的梦境，但是我可以肯定，都是些我绝对不愿意第二次梦到、想立刻就忘记的不吉祥的内容。也许这就是我不记得的原因吧。

尾高不断打着喷嚏！我有些担心，正想问他要不要请假回去休息，他突然呼吸急促，挥起大大的拳头，狠狠地砸在桌面上，焦躁地大喊一声："混蛋！"声音很大，我和周围的人都大吃一惊地望过去：性格如此完美的男人，也会发火啊？

"怎么了，不要紧吧？"

尾高的眼睛充血，眉毛上挑，就像一只马上会扑过来的猛兽，吓得我闭口无语，身体都有点筛糠了。就在这时，他终于恢复了常态，望着自己的手指甲，有点呆若木鸡。由于狠狠地砸在了桌子上，他的指甲盖断裂，出血了。

"尾高，你是因为睡眠不足，有些烦躁了。今天早点回去，喝点酒吧。好好睡一觉就好了！"

我温柔地劝慰他。尾高抬头望着我，脸上的表情让人难以理解，他好像也不知道自己究竟做了什么！

"你是谁？"尾高说道，完全是一副对着陌生人的神情。

之后，他就一言不发了，只是急匆匆地收拾完桌子上的东西，拎起公文包，飞步离开了办公室。也许他也对自己的暴力行为感到吃惊了吧，不过明天早上回来后，他也许就会恢复了。我这么想着，根本没有把这件事情放在心上。

但是，这成了我与尾高的最后一次见面！

第二天早上，他没有上班。当我进到公司时，整个办公室早就炸开了锅。旁边一个组的女同事告诉我，新闻报道在不停地播放尾高的照片。

飞快地离开公司后，尾高回到家里，与妻子大吵一顿，然后勒死了妻子，自己也打破窗玻璃，从二十二楼的高层飞身跃出窗外，当即身亡。勘查现场的警察证实，尾高杀死妻子的时候还没有喝酒。后来，他对着妻子的尸体，打开买来的苏格兰威士忌，就这么一个人干喝了半瓶。喝了那么多，以致当他坠落到地面后，围在他身边的蚂蚁都被他身上渗出来的酒精醉倒了。

如果我不提议他喝酒就好了！他应该是不怎么能喝酒的。

但是世上没有卖后悔药的，尾高再也回不来了！

隔壁班组的女同事看着新闻，突然打了一个哈欠。难道她的睡仓也不好用了？突然，我感到自己有点奇怪：我们隔壁班组，有这么一个女同事吗？这是一个把栗色的头发梳得高高的、大约三十多岁的女性，虽然我在竭尽全力地想她的名字，但是虽然已经到了嘴边，却就是想不起来。

我抬起头，想偷偷问问身边的其他同事，但是就在这时，我心头突然涌出一股强烈的陌生感：我这是在哪里？周围没有一张我所熟悉的脸孔！也许是尾高离开了的缘故？我在这里已经工作这么多年了，怎么会有这种感觉？

有点奇怪！我在这家公司，究竟工作了多少年了？

我感到有些轻微的头晕，跌坐在椅子上。由于睡仓的故障，最近我的睡眠状态也一直很糟糕。也许正是由于这个原因，才觉得周围的一切都显得那么虚幻，那么缺乏现实感吧！甚至连踏在地板上时，也会产生像是踩在棉花上那样的奇怪感觉，觉得身体在轻飘飘地飘着，而且产生错觉，觉得四周的墙壁都在一步步压逼过来。我不由得紧紧闭起了眼睛。

尾高已经不在了！

他不怎么说话，无论什么都能吃，无论什么时候都要先填饱自己的肚子。这么说，好像他一无是处。实际上，他没有给任何人添过麻烦，是一个普通得不能再普通的男人，虽然由于脸部的伤疤，还有那壮硕的体格，往往会让不知情的人感到害怕。

"这个人，真的好像尾高啊！"

临近班组的女同事一声狂叫，周围的很多女同事都凑到了她的电脑屏幕前，我也忍不住凑过去看了看。

她说的，是一个叫作柳川的男人。

我的记忆突然复苏了，隔壁班组的这个女同事，叫作柳川澄子。

"真的啊，太像了！"

女同事们一阵骚动。

"相片里这个人是谁？"

"两年前被逮捕的杀人犯。"

"这不是尾高吗？"

"不是尾高！"

"听说世界上会有三个人长得与自己很像，原来是真的啊！"

柳川打开的是过去的新闻网页。估计是有人看到尾高跳楼自杀的新闻，联想到之前见到过长相如此相似的人，所以就告诉了她。

虽然看起来很像，但其实是另外一个人。首先是眼神不一样！新闻报道里的男性，眼神阴冷！他与尾高相似的地方，就是左眼下的大伤痕，还有被逮捕时，他面向蜂拥而至的新闻记者挥舞的、像熊臂一样健壮的手臂！那伤痕，据说是在打架时，被人划伤的。

不可能的！

在这个时候将尾高与杀人犯比较，是对死者的亵渎，适可而止吧。不过，虽然这么想着，我还是快速浏览了一眼那个与尾高长得很像的男杀人犯的案子。

他发现比自己小十岁的妻子与人偷情，出于冲动打死了那个男人，被判处了十五年有期徒刑。看看，不可能是尾高吧，那个杀人犯，两年前就被判处了十五年的有期徒刑并立即执行。我松了一口气，开始回去工作，不过还是有点心神不宁。估计今天办公室里的所有人都会心绪不宁，无法集中精力工作吧。

我呼吸困难！

这是一个没有月亮、没有光亮的晚上！我孤独一人奔跑在漆黑的田间小道上。我是穿着拖鞋跑出来的，但是不知道在哪里跑丢了一只，现在光着左脚。脚底硌到冰冷的沥青和小石子，很疼。我不得不拖着左脚奔跑，跑了一阵后，我的膝盖开始发抖，与其说跑，倒不如说是踉踉跄跄地在走了。

必须逃走！

必须逃走！后面有什么东西追过来了，从后面，有什么东西！

就在这个时候，我突然醒了，汗衫都被冷汗打湿了，心脏在剧烈地悸动。

"开灯！"

我发出了指令，但是睡仓没有反应。我只好坐起身，用手摸索着，推开睡仓上部的盖子。柔和的光线透过窗子射进来，是那么明亮！早起的麻雀那清脆的叫声在窗外回响着。听了一会儿可爱的小鸟的鸣叫，我的心情平静了很多。在我旁边的，是爱生的睡仓，还关闭着。我看了看墙上的时钟，距离我预定的起床时间还有一个小时！

"真是次品啊！"

我无可奈何地伸了伸舌头。三天前已经报修了，但是睡仓厂家的售后服务中心还没有与我联系维修的时间。肯定是他们的产品接二连三地发生了类似的问题，维修工已经分身乏术了。

虽然已经想不起做了什么梦了，但是我可以肯定那个梦非常恐怖。最近每天晚上我都做梦，每天晚上都因为这可怕的梦而惊醒。在梦中，我拼命想从什么东西身边逃走！如临其境的感觉，如此真实！

还有，今天睡仓的灯不亮了，明天会不会打不开呢？

我对坐在睡仓里面产生了恐惧。为了不吵醒爱生，我蹑手蹑脚地走出寝室。她的睡仓还亮着绿色的指示灯，显示她还在睡梦中。我也有些担心，担心她的睡仓也会发生故障。但是由于睡仓没有窗户，也无法确认她的睡眠状态。

即使睡在里面的人去世了，外面的人也无从得知。

脑海中又是一阵不吉的想法掠过，我脸色发青，使劲摇了摇头，似乎要把这一切都抛到九霄云外一样。

"舞子，我想一边看新闻，一边喝咖啡。"

"遵命，先生！"

电脑管家二十四小时提供服务。与睡仓和其他家电一样，电脑管家会自动从服务器上下载和更新系统，在这段时间内，会有短暂的不应期，不过我还真没有遇到过舞子进行更新的情况。也许是在家人睡眠的这段时间，舞子进行升级和更新的。不久，起居间墙壁上的屏幕亮了，开始了网络新闻播报。为了不吵醒爱生，我把声音开得很小。

"给您沏好咖啡了！"

"谢谢。"

虽然是面对电脑，我还是彬彬有礼。虽然刚开始时觉得有点不可思议，但是习惯后就不觉得有什么奇怪了。我把厨房磨制、煮好的咖啡注入咖啡杯里，然后加上适量的砂糖和牛奶，端到起居间。新闻播报的基本上都是老生常谈的问题，如政府紧张的财政、持续低迷的 GDP、人口的减少、如何进一步提高城市的集中化程度以及相关的话题等。

没有再播报尾高的事件！这个世道，很快就会忘记那些冲击性很强的事件。就在这时，我感觉到有人在看着我，扭头看过去，是阳斗。他从推开的门缝偷偷地窥视着我。

"早上好！怎么了，阳斗？"

是不是阳斗的睡仓也出现故障了？我放下咖啡杯，站了起来。

"爸爸的睡仓好像出故障了，睡不好。是不是你的也不好用了？我帮你看看吧。"

"我的没有问题。我看到灯亮了，就想看看怎么回事。没事，我再睡一会儿。"

穿着睡衣的阳斗，显得还是有点睡眼惺忪。他退回去，关上了门。已经是初中一年级了，是不是进入第二个叛逆期了？这正是抗拒父母照顾的年纪啊！但是这么一想，我突然想到了另外一个问题，阳斗的第一个叛逆期是什么时候？这个时候我才注意到，我的记忆中，阳斗根本没有叛逆。能够想起来的都是他的优点：纯真无邪、坦率正直。要说不满意的，就是他爱哭，总是缠着爱生撒娇。也许这个孩子，迄今为止就没有什么称得上叛逆期的时期吧。

寝室的门开了，我扭头望过去，一个穿着睡衣的女人探出头来。她脸色煞白，睡眼惺忪。这是谁？我怎么不认得？

这是谁？

端在手中的杯子，还是满满的咖啡。神情一阵恍惚，杯子几乎脱手落地。

"怎么了，你在做什么？"

她一边说着，一边慌忙用纸巾堵住洒在桌子上的咖啡，不让它流下来，然后冲到厨房，拿起抹布又跑回来。由于刚起床，她还没有化妆，头发也是乱蓬蓬地卷着。她所穿的睡衣是粉红和黄色两个色调的，与她的年龄极不相称，显得太嫩了。

"你这么早就起来了啊，睡不着？还是因为睡仓的问题吧。"

她一边收拾着桌子，一边担心地望着我。我直视了一下她的脸，不禁有点愕然。怎么回事，这不是爱生吗？刚才我在想什么呢？真奇怪！我无法直视爱生的脸，心虚地低下了头。是不是我的眼睛出了什么问题？

突然，我想起来出事前那一天，尾高那奇怪的表情和眼神。那天他用奇怪的眼神看着我，那表情完全是在看着一个陌生人，还奇怪地问我："你是谁？"

可能是因为睡眠不足、疲劳过度，才导致他的脑筋不正常了吧。

爱生在看电视。一个盘着头发的播音员在反复播报：由于睡仓故障频发，导致厂家的售后服务中心瘫痪。现在厂家已经召集所有维修人员进行培训，全力应对。情况很快就会有所改观，请大家冷静等待。终于成了新闻话题了，我长长地松了口气。

"最近睡仓故障太多了！真希望他们早点来修理！"

"你的睡仓没问题吧？"我脱口问道。

"我的没有问题。"

爱生低着头回答道。那是不是只有我一个人感到由于睡眠不足产生了这么多问题了呢？我正想把自己想到的都说出来，她突然笑了起来："也许是睡仓故障造成的吧。最近我去购物，穿过公园时，遇到一个奇怪的男人。他一见到我，就用手指着我，一边叫着'映子、映子'，一边冲了过来。"

我看着她，她笑得嘴角的皱纹都显现出来了。

"那个人，你认识吗？"

"怎么可能？我一点也不认识。那是一个将近七十岁的老爷爷。"

也许是怕我误会吧，她笑着追加了一句，轻轻地敲了一下我的手腕，表示亲密。

这个世界到处充满了系统漏洞！

我的耳边回荡着尾高的口头禅，我的记忆中完全没听到过"映子"这个名字！那个老人是不是有一个很像爱生的女儿呢？

我得准备去上班了。

尾高原来坐的座位上，不知道什么时候来了一位新同事。这是一个不到三十岁的长脸俊男，引来了周围女同事的注目。很多人好像都在跃跃欲试。

"我叫春野。"

年轻人向我打招呼时，好像还没有适应这家公司，一副不知所措的样子。他向我伸出手,脸上浮现出柔和的微笑。

"请多关照!怎么样?在这里,感觉不错吧。"

我笑着握住春野的手。不知道为什么,来到这家公司的人,基本上都为人善良、性格沉稳。虽然临去世前,尾高凶得完全变成了另外一个人,但是之前,正如他自嘲的那样"大熊的身体,兔子的心脏",他一直是一个性格温柔、人见人爱的好男人,与谁都合得来。

"实在是太好了,我这个人,不擅长与人交往。"

他害羞地微笑的模样,给我留下了很好的印象。我将团队的同事以及周围的同事都介绍给他。但是,当扫视到隔壁班组时,我发现柳川不在座位上。难道她今天请假了?

"柳川呢?"

"好像没有上班。她没有与公司联系,刚才班长打电话过去询问,结果打不通。"

虽然我没有与柳川在工作上合作过,但是她是一个不给公司请假就不上班的人吗?我一边歪着头想,一边准备开始工作。就在这时,自动门开了。

不经意地回头望过去,我看到柳川茫然地站在门口。她脸色蜡白,也没有化妆。平时总是盘得高高的、整理得漂漂亮亮的头发,现在就像乱蓬蓬的草窝,披散在背上,似乎连一梳子都没有梳。太奇怪了!

旁边有个同事一边叫着"柳川",一边靠上前去。

柳川的视线,落到了春野身上。

她好像非常吃惊,那大大的眼睛好像都要惊掉下来一样。她圆睁双眼,慢慢地张开双唇。那瞠目结舌的样子让我震惊,我几乎脱口而出:"你怎么了?"

但是就在这时,她尖叫一声,那声音尖利得似乎要震裂人的心肺,震得我眼前直冒金星。

"啊……！"

柳川转身跑了出去。春野目瞪口呆。整个楼层都骚乱起来，有人追了出去，剩下的员工也一阵慌乱。不过，工作不等人，五分钟之后，大家都回到自己的办公桌前。

"她是怎么了？"

"没事，不用担心！"

我也不知道该怎么回答春野的问题，就这么含糊过去了。我从来没有见过柳川这个样子，是不是也是睡仓的故障引起的呢？简直就是神经错乱！临近班组的同事已经追了出去，应该不会发生什么事情，不用我们担心吧。我打开手机式手提电脑，正要开始工作。说时迟那时快，一个阴影好像大鸟一样掠窗而过，房间也因此暗了一下。坐在窗边座位上的同事们，不知道大家为什么不约而同地望向他们，就疑惑不解地望回来。

有人掉下去了！

是柳川澄子！她就像一只张开翅膀急速降落下坠的大鸟，就这么笔直地掉下去了！

有人发出悲鸣！没法工作了，柳川从屋顶跳下去了！虽然没有办法救她，但是很多人还是跑到了窗边！窗户是封闭的，打不开，有些人极力地想望出去，想看到三十层楼下路面的情况；有的人则抱着头，下意识地喃喃自语："掉下去了，掉下去了！"

春野冷静地拿出手机终端，拨打了119。

"刚才有人从高层办公楼跳下去了，请快点来！"

对啊，应该叫救护车啊！但是，从这么高的楼上跳下去，就是叫了救护车也没有用啊！也许是春野没有与柳川打过交道吧，他还是比较镇定的。但是我，却又感到一阵头晕，一下子瘫坐在椅子上。

"不要紧吧？"

春野关切地问道。我想回答点什么，但是却什么也说不出来，只好无力地摇了摇头。哪能不要紧啊！有什么东西感觉不对劲，尾高跳楼了，柳川也跳楼了，而且，现在我也开始觉得自己不正常了。

传来了尖利的警笛声！是救护车，也许还有警车。这种声音是那么令人毛骨悚然，让人不由得想堵住自己的耳朵。

我坐回到自己的座位上，开始在网络上检索关于尾高和柳川事件的报道。由于尾高是杀了妻子，报道自然很多、很详细，而柳川是自杀，本来只是一个不具新闻价值的事件，应该不会有很多报道的。但是，出人意料的是，她的跳楼自杀，不久之后竟然也成了很多人的话题。

这是因为，也有一个人与柳川很相像。

那是一个三年前被逮捕的女杀人犯，她们两个实在是太像了！表面上看，那是一个很单纯的事件，面对家暴忍无可忍的妻子，最后不得不反抗，杀死了丈夫——如果真是这样，那妻子就会被判为正当防卫。但实际上，后来发现的证据表明，杀人原因是妻子另有情人。在这个情人的教唆下，妻子作了周密的谋划，杀死了家暴丈夫。因此，法庭判决妻子七年徒刑且不得缓刑。

柳川与这个杀死家暴丈夫的女犯人实在是"太像了"，这成为网络上的热门话题！但是，这两个人应该不是同一个人，七年徒刑，那么这个犯人现在应该还在监狱里啊！

但是，当看到她那个被认定为同谋犯的情人的照片时，我大吃一惊：那个人太像今天来公司上班的新同事春野了！柳川之所以飞快地跑离办公室，是因为在那里见到了春野？不会吧，如果真是那样的话，那柳川就是那个女杀人犯了？这种事情怎么可能呢？

在这个刊载着很像柳川的这个女杀人犯的网页上，还有一个叫作"猎奇事件文件夹"的链接，归纳了近些年所发生的杀人事件。我本来只是随意阅览，眼光却突然被一张照片所吸引。那也是一张女杀人犯的照片！

"白川映子！"

我不由得惊讶地叫了一声。怎么可能？这个女杀人犯，无论怎么看，都太像爱生了。

"他一见到我，就用手指着我，一边叫着'映子、映子'，一边冲了过来。"耳边回响起爱生那充满困惑的声音。

我随即站起来向上司请假，说身体不舒服，需要早点回去休息，就飞快离开了公司。由于公司里发生了这样的事件，好像很多人都因为心情糟糕而早退，所以上司也没有说什么。

我的目标就是那个公园，那个向爱生跑过来的陌生老人所在的那个公园。听爱生介绍，第一次见到爱生时，那个老人满脸惊愕地跑过来，那应该是一次偶遇；但是第二次见到购物返回的爱生时，他却是一边喊着"映子"，一边哭着要她与自己"一起回家"的，所以那肯定是有目的地在那里一直等着她的。

我也不敢确信这天傍晚这个老人还会来公园。我在公园里到处仔细寻找，终于发现了一个衣着得体、相貌端正的上了年纪的男人。他坐在椅子上，眼光不停地游弋，扫视着远方。我发现，他的面相与爱生有很多相似之处，就向他走过去。

是的，从眼睛到鼻子的部位，他们两个人很像！

他的年龄，应该是可以当爱生父亲的年龄了。不过，听爱生介绍，她的父亲早在她初中时就去世了。我站在老人的面前，把存在手机终端里的爱生的照片，调出来给老人看。

"老人家，打扰一下，您认识这个女性吗？"

老人非常激动，他一把拉住我的手，连手机终端一起紧紧地握在手里！他一动不动地盯着爱生的照片看，然后抬起头，用通红的眼睛看着我。

"当然，当然知道了。这是我的女儿，亲女儿！"

"不好意思，您是？"

不知道是否该问，犹豫来犹豫去，我还是毅然决然地问了。老人点了点头，张口说道："我叫白川良平，我的女儿叫白川映子。"

这种事情，怎么可能呢？

这种事情，怎么可能呢？

我急匆匆地往家里赶，上了路面电车。白川良平的话，一直在我的心中回荡："你认为，我会忘记自己女儿的长相吗？"

虽然很悲伤，但是白川的表情表明，他的神智是很正常的。尽管我已经向他说明了，照片中的女性是我的妻子黛爱生，但是他还是不相信，一直不停地向我重复解释。他说，照片中的是白川映子。她迷上了一个酒吧里的小白脸，为他借了很多钱，而这么多的钱，根本不是一个普通公司职员能够还得起的，但是最后这个小白脸却背叛了她。万念俱灰的她，最后杀了那个负心汉。裁判团认为，虽然情有可原，但毕竟她最后采取了极端的杀人手段，不能因此而法外施恩，因此在半年前，她被判处八年徒刑，不得缓刑。

白川映子不可能与爱生是同一个人。映子没有孩子，但是爱生和我，已经有一个上初一的儿子了。

　　我抬头望着夕阳下电车窗外的街景，一边深思：前段时间我们迎来的结婚纪念日，是多少周年的纪念呢？阳斗已经十三岁了，那么我和爱生应该已经结婚至少十三年了吧。虽然我也说不出哪个地方奇怪，但是总觉得好像有什么地方不对。

　　我与爱生相识——结婚——阳斗出生——组成了快乐的家庭，一幕幕在我脑海中浮现。我感到有点头疼，用力揉了揉太阳穴。虽然脑海中浮现出一个个快乐的片段，但是很奇怪，这些记忆没有连续性，都是片片断断的，就好像电影的第一个镜头、第二个镜头、第三个镜头……爱生爽朗的笑，幼年的阳斗的哭，阳斗的撒娇……

　　"最近法律发生了变化，被判刑的人，一旦入狱，就连家人也不允许探视。"

　　白川皱着眉头，陷入了痛苦的回忆。

　　"我去了监狱很多次，一直见不到女儿。在这期间，我渐渐感觉到，我女儿已经不在监狱里面了！"

　　公园周围的办公楼，几乎所有的办公室都灯火通明了。路上都是步履匆匆的行人，还有快速行驶的车流。

　　"我与女儿一起生活了将近三十年。映子是不是在这栋建筑物中，我用第六感都能感觉到。映子不在监狱里！不知道什么原因，她改名为爱生，成了你的妻子。"

　　怎么会有这种事情？

　　望着眼睛充血、不断诉说的白川，我只能默默地倾听，我没有办法用无情的话语来打击这个舐犊情深的父亲。映子与爱生只是长得非常像而已，只是一个偶然而已！

　　但是在我的心里，一个声音却越来越清晰，有可能是真的！尾高与柳川事件绝对不是偶然的，我身边竟然有三个这样的人，他们与本来应该在服刑中的犯人长相如此相似！这才是问题的症结所在。

"我住的地方距离这里很远。映子的一个朋友住在附近，她告诉我说在这附近见到了一个很像映子的人，虽然也想着这不可能，但是我还是来这个公园找人了。"

陷入沉思中的我，差点坐过了站，慌忙冲下了电车。

上次购买红酒和鲜花，就好像前两天才刚刚发生的事情。我在购物中心，购买了一大堆东西，都是些与结婚纪念日所购买的完全不同的东西。抱着这重重的东西，我乘上了公寓的电梯。但是，就要抬手按电梯按键的时候，我竟然忘记了自己所住的楼层，脑子乱成了一锅粥。

"真是糊涂啊，不是七楼吗？"

我用颤抖的手指按了七楼！电梯上只有我一个人，我一阵暗喜，太好了！因为在我心中，我觉得整个世界似乎都崩溃了，只想一个人待着。

是的，这个世界在崩溃，我好像有点明白是怎么回事了。

是那个睡仓的问题！

由于睡仓故障，尾高不断抱怨无法入睡，柳川不停地打哈欠，还有，我的记忆也不时地出现模糊现象！睡仓的故障，打乱了大家和平的生活。与尾高、柳川还有爱生长相相似的人，他们都是些应该在服刑的犯人，应该正在服刑中。但是，如果像白川说的，他们不在监狱里的话，他们应该在哪里呢？作为已经被判刑的罪犯，现在他们却不在监狱里，那是什么原因呢？……

"我回来了。"

我藏好所买的东西，穿过玄关进到屋子里。爱生从厨房探出头来，好像有点吃惊，不过，她的脸上，仍然与平时一样，洋溢着欢快的笑容。

"今天有点早啊。阳斗还在学校参加课后小组活动。你想现在就吃饭吗？"

从厨房里飘来浓汤的香气。

"等阳斗回来再吃吧。"

她在厨房里炸着什么东西，哼着什么流行歌曲。舞子也发出了"主人，您回来了！"的欢迎词。

我装作要换衣服的样子，回到自己的寝室，检查自己睡仓的"人机对话"页面。

果然是这样啊！

里面安装着不可改变的ＢＭＩ——人机对话界面。对这种人人都在利用的睡仓，厂家在宣传时，只是强调它具有播放改善睡眠质量的音乐、计算人的睡眠深度以便在最合适的时候唤醒主人等功能，但是对它最重要的功能却避而不谈。

这个功能，就是通过播放直接作用于头脑的影像，从而实现让人在睡眠中学习的功能，换句话说，就是替换人的记忆。就这样，人在睡眠中就会被植入新的记忆，如自己的过去、某种技能等；就这样，当人醒来的时候，就会拥有全新的记忆，并按照这种被植入的新记忆生活，直至组建新的家庭。

可以说，早就达到了洗脑的水平。

"也许是由于上了年纪的关系，也许是由于我是天生的神经质的关系，怎么也适应不了睡仓。所以虽然家里也有睡仓，但是我没有使用，仍然是传统的方式，在地板上铺好被褥，然后躺在上面睡觉。"

白川告诉我这个时，好像还很不好意思。现在想想，正是由于他的这个习惯，他原来的记忆没有被抹掉，所以他无法忘记已经成了犯人的女儿，屡次去监狱探望。

那么，是谁在操纵我们的记忆呢？

虽然不知道他们的目的是什么，但是想到自己的记忆是被人操纵的，我还是不能接受。

替换掉犯人的记忆，是为了让他们以另外一个身份生活？但是，这本来应该是他们服刑的时间啊。为什么会有人这么做呢？之前我听说过，刑满出狱之后，一些犯人怎么都找不到工作，家人、朋友和原来的单位等也都无法接受他们。由于不能融入社会，有些人甚至再次走上了犯罪的道路。是不是有人想借助这种方式，让他们成为没有犯罪记录的人而获得新生呢？

记得传说中有一条河，河上有一座桥叫奈何桥。过桥之前，所有的死者都会喝一种汤，然后就会忘记自己原来的一切。

对了，孟婆汤！让死者喝孟婆汤，然后就能消去他们生前的记忆。睡仓，也拥有同样的功能吧。

如果我所想象的一切都是真的，那这个世界就真的太可怕了，根本不会容许任何稍有污点或者稍有偏差的人存在了。只要是人，无论任何人，当然都会拥有与众不同之处，或者自己的弱项，也不可能永远正确、永远充满活力、永远光彩照人。不容许衰老、变坏的人存在，这种做法也太过傲慢、独断了吧。

我想起了杀死妻子偷情对象的尾高——这应该不是他本来的名字，还有受到情人挑唆杀死自己丈夫的柳川。

是啊，这些人，都有做过头的地方。

突然，我觉得自己想通了一点。

尾高虽然杀死了妻子的偷情对象，但是仍然未能平息对妻子的愤怒；受到挑唆而杀人的柳川，也未能原谅自己。因此，在恢复记忆之后，他们采取了自裁这种手段。

没有月亮，没有光亮，在伸手不见五指的漆黑夜晚，我一个人，沿着田间小道在奔跑！这个梦究竟意味着什么？

我打开公文包，拿出刚才在购物中心购买的榔头，解开包装，用力挥动着，首先打碎了自己的睡仓。塑胶和金属破碎，发出了巨大的声响，接着，我又用力打碎了爱生的睡仓。

穿着拖鞋奔跑的声音，从厨房一直响过来。

"这是怎么了？"爱生吃惊地睁大双眼，看着一地的睡仓碎片。

"我们不用睡仓睡觉吧。"我喘着粗气，用力挥动着榔头，解释道，"这样的话，也许我们就能想起来，自己究竟是什么人，做过什么事情！"

"你在说什么啊！"

"你真的是爱生？不是，你的真名，难道不是白川映子？"

她手里还抓着炸食物用的筷子，围着围裙，就这么呆住了。"你说什么？白川映子是谁？"

我抬眼望着天花板，问舞子："你是什么时候来到这个家里的？"

"去年的十一月二十日，先生。"

大约是半年前，就是我们夫妻俩遭遇交通事故——或者说我们坚信有这么一场事故——那天之后。

"你与之前的电脑管家，交接过工作吗？"

"没有，先生。听说在我之前，这里没有电脑管家。"

现在所有的家庭都用电脑管家。而在舞子来之前，我们家并没有电脑管家，难道不是意味着，现在我们所拥有的"黛家"，半年前并不存在？

"你今天有点怪啊，你到底想说什么呢？"

爱生——或者说是白川映子——好像在看着一个怪人那样，盯着我看。我用榔头拄着地板，摇着头。我也不知道该怎么解释才好。

我问道："你真的不要紧吧？"

"真的不要紧？你在说什么啊！"爱生紧绷着脸。

这时我才想起来，她的睡仓没有任何故障。只要睡仓正常工作，那睡在里面的人，是不可能从洗脑状态中清醒过来的。

"睡仓发生故障才会引起主人的清醒现象！"对啊，尾高和柳川都是在睡仓发生故障之后，才解除了洗脑状态，才恢复了记忆。令人感到可怕的是，我的睡仓也发生了故障。就是从那天开始，我总是做着一个奇怪的梦，梦到自己被谁追赶着，有时会认不得自己身边的人。

我是谁？

也许我的整个履历，包括黛宪彦这个名字都是假的；也许我也是犯人，在服刑期间，以另外一种身份开始了生活！我想到了揭开这一切谜底的方法。

"舞子，你拍下我的脸部照片，然后在网上检索一下，看看有没有与我长得很像的人。"

"遵命！"

不知道从哪里传来了按下快门的响声，嵌在墙壁上的显示屏亮了起来，很快显示出图像检索结果。一连显示了几十张有些相似的照片后，出现了一张一眼就能断定是我本人的照片。这张照片被放大，定格在显示屏的中央。舞子运用脸部识别技术，比照确认了这两张照片上的是同一个人。

"这张照片，刊载在哪里？"

"一年之前的新闻里。"

舞子没有问我是否要看，而是立即打开了新闻页面，页面顶部显示的就是我的脸部照片。虽然比现在的我要消瘦一些，但是毫无疑问，那就是我本人。

我将路上遇到的一个女性带到自己家里试图施暴，遭到抵抗后就杀害了她，然后弃尸逃走。被通缉后在国内辗转逃亡长达两年多，直到一年前才被警察逮捕。由于罪行恶劣，没有任何从轻量刑的情节，半年前被判处十二年徒刑。我是一个杀人犯，名字叫森川纪人。这个名字，是——这个与我长得很像的男人，抑或我本人——的名字？

站在旁边的爱生也震惊得哑口无言。好像她也理解了事情是如此不可思议！

"这究竟是怎么回事？这个人与你长得很像，不会真的是你吧？"

我正要回答"确实难以置信"，但就在这时，爱生的身体突然无力地斜着倒了下来，倒在了沙发上。她睁大了双眼，腰上面突露着一个带着大羽毛的针。我吃了一惊，回头看到，阳斗正从玄关那边走过来。

"真的糟糕，爸爸，由于睡仓程序的漏洞，现在只能还原才能解决问题了。"

阳斗抱怨着走过来，拿着一个文具一样的手枪。

"阳斗？"

我从新闻报道中了解到，森川纪人和白川映子都是单身，那么阳斗是谁的孩子？

阳斗用手枪对着我，扣动了扳机。

"又得还原啊，真麻烦！"

我一边与快速袭来的睡意作斗争，一边摇摇晃晃地跌坐在沙发上。我的胸前也插着一根色彩艳丽的羽毛。虚拟家族——我们"家"

就是这种构成的！我想起来，那天听到"结婚纪念日"这个词语后，阳斗那难为情的表情。

"你，怎么会？……"

我们这个"家"里，只有阳斗了解事情的来龙去脉。为什么？一个初中一年级的学生，我们一直确信，他只是一个在我们的保护和照顾下成长的少年！但就是这个少年，现在脸上带着笑容，耸了耸肩。

"我是一个孤儿，是在组织里长大的。组织里成绩优秀、不调皮捣蛋的孩子，只要提出申请，就能参加这个项目。"

"项目？"

"这是一个没有公开的、关于监狱的项目。监狱运营也是需要钱的。有人认为，就这么用国民所缴纳的税金来养活那些犯下杀人、抢劫、强奸等重大罪行的人，确实太浪费了！"

阳斗端着玩具一样的麻醉枪，谨慎地靠过来，站在我的手够不着的位置。

"被关在监狱的犯人，无法为我们国家的国内生产总值作贡献。但是如果给他们另外一个身份，让他们从事工作的话，在服刑这段时期，他们也能从事生产活动。对于国家而言，这是一举两得的事情！"

所以，他们就清除掉这个犯人的记忆，然后导入了虚假信息，包括这个人的名字、这个人之前所有的一切，赋予这个人一个"虚拟家庭"！因为人需要对家庭负责任，这又会成为阻止犯罪发生的有力因素。而且，由于是用另外一个人的身份生活，因此当他们服完刑后，也能开始新的生活。但是，这之前的家庭该怎么处理？他们家庭成员的记忆，就像拥有一个罪犯子女的白川映子的父亲，或者一直等待着妻子或者丈夫归来的夫妇，这些都能改变吗？

我的意识在渐渐消失！

"好像在各处都发现了系统漏洞，有些系统开发员和测试员也是从服刑的犯人中培养的，确实存在很多问题啊！"

阳斗的声音，听起来就像在游泳池中听到的那样沉闷。我的视界开始模糊，睡意一步步将我扯向梦乡。

"为什么爸爸你没有杀人，或者自杀，而是直接敲碎了睡仓呢？这点倒是值得研究啊！"

我很想回答他："这是因为，爸爸没有什么事情需要去做了！"但是在浓浓的睡意中，我已经无法完整表达自己的意思了！

睡梦中，我的记忆苏醒了！长雨连绵的那天，在阳台的旁边，我掐死了那个长发女人，那种感觉，好像仍然残留在我的手上！

惊惧于自己恶行的我逃出了家门，一直逃避着警察的追捕。那晚恐怖的经历，也清清楚楚地复苏了！

好像阳斗嘟哝了一句"这样的生活好像也不错啊！"但是我已经进入了梦乡。等我再睁开眼的时候，我会是森川纪人，还是黛宪彦，或者是以一个另外的身份，开始新的人生？